Kurt Gerdau

Weihnachten auf See

Erzählungen

Husum

Umschlagbild: F. Müller-Münster, „Weihnachten im Leuchtturm“

Die Deutsche Bibliothek – CIP-Einheitsaufnahme

Gerdau, Kurt:
Weihnachten auf See : Erzählungen / Kurt Gerdau. – Husum : Husum, 1997
(Husum-Taschenbuch)
ISBN 3-88042-836-0

Satz: Fotosatz Husum GmbH
Druck und Verarbeitung: Husum Druck- und Verlagsgesellschaft
Postfach 1480, D-25804 Husum

ISBN 3-88042-836-0

Prolog

Weihnachten auf See ist immer auch ein bisschen Weihnachten zu Hause, das kann nicht anders sein, und doch ist es ein anderes Fest.

Auf der Fünfmastbark „R. C. Rickmers" hatte Kapitän Schwedtmann dem I. Offizier Blankovollmacht für seine Schlappkiste und den Proviantraum erteilt mit der Bemerkung: „Mookt Se, wat Se wüllt. Viellicht kiek ick mi ook all'ns an!"

Heiligabend begann tatsächlich so, als wäre Sankt Nikolaus in die unendliche Weite des Pazifiks geeilt, um den Abend auf dem Windjammer nicht zu versäumen. Beide Wachen hatten sich um den Großmast versammelt. Vom Hochdeck herab predigte der Alte:

„Ich hev nich veel to seggen. Jedereen mutt ook hüt mit sick sülm fertig warn. De Kock hat Rotwien un Rum för een gooden Punsch kreegen. Un nu wünsch ick Ihnen all eene fröhliche Wiehnacht!"

Leise knarrten statt Glockengeläut die Rahen in ihren Racks, strichen die Lieken der Untersegel schleifend über die Hooftaue und klapperten einzelne Blöcke gegen Pardunen und Masten. Es fiel keine Schneeflocke, aber im sanften Rhythmus hob und senkte sich das Deck, rauschte von Lee das Gluckern der Bugsee und die fünf Mastspitzen zogen eigenwillige Spiralen durch den nächtlichen Sternenhimmel.

Zum Feiern blieb wenig Zeit, denn mit acht Glasen setzte der normale Bordbetrieb ein. Auf der Vorderluke saßen zwei Matrosen mit einer Quetschkommode und einer Mundharmonika und spielten „O du fröhliche, o du selige ..." und dann zum Tanz auf. Die Pfeifen qualmten, dass es nur so nebelte. An einen so feierlichen Abend hatte keiner zu denken gewagt, auch Sankt Nikolaus nicht.

Weihnachten auf See hat viele Gesichter und viele Geschichten ...

Warum Seeleute an Nikolaus glauben und nicht an Paulus

Wer das Meer nicht aus eigener Anschauung kennt, nie einen Sturm auf See erlebt hat mit seiner unbändigen zerstörerischen Kraft, wird es schwer haben, die Ängste derer nachzuempfinden, die sich auf zerbrechlichen schwimmenden Untersätzen hinauswagen. Im Verhältnis zur Größe der Ozeane sind selbst Supertanker winzig, sind Spielbälle von Neptun und seinen rauen Gesellen.

Die See lehrt beten, eine Weisheit, die jeder lernt, der sich auf hoher See herumtreibt, ob beruflich oder aus Langerweile. Was blieb den nicht mehr als üblich abergläubisch vorbelasteten Seeleuten des Mittelalters anderes übrig, als nach einem christlichen Heiligen Ausschau zu halten? Ungläubige, Ketzer gar, die sich an Castor und Pollux hielten, waren auch auf den Schiffen alsbald „verdammt und zugenäht". Da kam ihnen Sankt Nikolaus gerade recht, der neben den üblichen Wundern im Jahr 328 drei Schiffer aus Seenot gerettet haben soll.

Apostel Paulus kam als Schutzheiliger nicht in Betracht, weil sein Schiff 60 n. Chr. auf der Reise von Kreta nach Rom vor Malta strandete und verloren ging. Bei einer Rekonstruktion des Schiffsunfalls vor einem deutschen Seeamt in der Neuzeit stellte sich heraus, dass Paulus mit seinen laienhaften Ratschlägen den Untergang verursacht, auf jeden Fall beschleunigt hatte. Nach den Aufzeichnungen des mitreisenden Schiffsarztes Lukas befanden sich 276 Passagiere und Besatzungsmitglieder an Bord. Die Annäherung des Schiffes an die unbekannte Küste bei auflandigem Starkwind war gefährlich, das Ankermanöver mittels vier über das Heck geworfener Steine, ohne Versuch das Schiff in den Wind zu drehen, unverantwortlich. Das Klarmachen des Rettungsbootes durch den Bootsmann war geboten, das von Paulus veranlasste Kappen der Taljen führte zum Verlust des Bootes und gefährdete das Leben aller an Bord befindlichen Personen, denn mehr

Boote führte der Windjammer nicht mit. Das Seeamt bemängelte ebenfalls die voreilige Leichterung des Schiffes und konnte nicht nachvollziehen, warum der Kapitän am nächsten Morgen bei weiterhin ungünstigem Wind die Anker kappen ließ und den Strand ansteuerte. Der Spruch des Seeamtes lautete: Der Totalverlust des von Kreta kommenden Fracht- und Passagierschiffes vor Malta war unter Berücksichtigung der vorausgegangenen Irrtümer und Fehlentscheidungen der Schiffsleitung und des so genannten nautischen Beraters Paulus die unausbleibliche Folge!

Not kannten die Seeleute aus eigenem Erleben wie die nautische Formel „Gott hilft dem Seemann in der Not; aber steuern muss er selbst!“ Nichts anderes hatte der Bischof von Myra alias Nikolaus getan, als der kleine Frachter „Katharina von Alexandrien“ unter Führung von Kapitän Jacobus de Voragine, beladen mit bestem Weizen, auf der Reise von Ägypten nach Lykien dringend um Hilfe bat. Der für die Beladung zuständige Steuermann hatte kein Getreideschott setzen lassen und damit gegen die Sicherheitsvorschriften der Seeberufsgenossenschaft verstoßen. Diese Fahrlässigkeit rächte sich, als am Heiligabend ein Mittelmeersturm aufkam, die Ladung überging und der Windjammer zu kentern drohte.

Frei übersetzt ließ Nikolaus auf der Seenotwelle zurückfunken: „Reißt euch zusammen, Männer! Bergt zunächst die Oberbramsegel, refft das Großsegel und den Besan und setzt ein neues Fockstengestagsegel – stop – legt das Schiff gegen den Wind und reitet den Sturm ab – stop – wenn das nicht hilft, holt eine Emphore mit Olivenöl aus der Proviantlast und träufelt das Öl über den Bug in die See – stop – reicht das immer noch nicht, setzt einen Treibanker – stop – erst dann betet. Ende!“

Nikolaus’ seemännische Theorien flossen in den Unterrichtsstoff der christlichen Navigationsschulen ein, der in vielen Orten in den nach ihm benannten Kirchenschiffen gelehrt worden ist.

Der Verdacht, dass Sankt Nikolaus ausschließlich für den Seenotdienst auf der nördlichen Halbkugel zuständig ist, konnte bislang nicht ausgeräumt werden. Fest steht, dass vom 11. bis 16. Jahrhundert mehr als 2000 Kirchen auf seinen Namen geweiht worden sind; aber alle nördlich der Alpen. Das würde erklären, warum die Mehrzahl der verschollenen Schiffe auf der südlichen Halbkugel verloren gegangen sind, oder sie haben nicht rechtzeitig um Hilfe gebeten und wenn, dann lässt es sich, weil Überlebende fehlen, nicht beweisen.

Andere Heilige haben später mit allen Mitteln versucht, Nikolaus aus seiner Position als Schutzheiligen der Seeleute zu verdrängen, geschafft aber haben sie es nicht, weder Sankt Johannes, Fischer von Beruf, noch Sankt Georg, Franz von Paula oder die Heilige Gertrud von Brabant, die um 650 herum ein Segelschiff vor einem Meeresungeheuer in der Nordsee gerettet haben will.

Ob Sankt Nikolaus wirklich und stets einspringt, wenn Not am Mann auf See ist oder nicht, drückt ein Spruch am Pfarrhaus in Kloster auf der Insel Hiddensee aus: „Gottes sind Wogen und Wind, aber Segel und Steuer sind Euer, dass Ihr den Hafen gewinnt.“

Weihnachtsgrüße aus dem Heimathafen

Herbert Fricke vom NDR hatte mich eingeladen, an der Aufzeichnung der beliebten Rundfunksendung „Weihnachten aus dem Heimathafen“ teilzunehmen. Im Casino der Bavaria-Brauerei, also nahe am Hafen, war alles versammelt, was sich zur „Küste“ zählt, auch Personen, die glauben, zum Salz des Meeres zu gehören.

Die Sendung hat, obwohl jung an Jahren, schon Tradition. Sie hat mich während meiner Fahrenszeit begleitet, wichtig wurde sie aber erst in den Jahren danach, als ich mich an Land eingewöhnen musste, mein Herz jedoch weiter zur See fuhr. Ich bin alleine zum Hafen gefahren, im Ohr Freddys weihevoll gesprochene Worte: „Wieder auf hoher See. Es ist Weihnachten. Das Meer ist ruhig und still die heilige Nacht. Nur die Sterne begleiten uns. Wie gut, dass wir den Tannenbaum schon im Oktober an Bord genommen haben …“

Wie vor dreißig Jahren wandere ich am Heiligabend hinunter zum Hafen. Von der Michaeliskirche schlägt die Uhr die dritte Nachmittagsstunde, als ich die Überseebrücke erreiche, an der das Museumsschiff „Cap San Diego“ die Leinen festgemacht hat. Ein Tannenbaum ziert des Mastes Spitze, wie es üblich ist auf deutschen Schiffen zur Weihnachtszeit; aber in der Bordgastronomie wird heute ein anderes Fest gefeiert, als wäre der Frachter noch auf See, unterwegs nach Südamerika. Ich erinnere mich an den Moderator Hans Hermann Schlünz, als er über die Funkstelle „Norddeich-Radio“ alle Seeleute grüßte: „An alle, an alle, liebe Fahrensleute auf allen Meeren, diesseits und jenseits der Grenzen, in Nord und Süd, in Ost und West, wir grüßen euch und wünschen allen, die auf See sind, ein gesegnetes Weihnachtsfest. Hallo, hallo, wir rufen das Motorschiff „Libertas“, die Mutter grüßt ihren Sohn, den Matrosen Jürgen auf der Fahrt nach Japan.“

„Libertas“ hieß Freddys Kutter, aber wer weiß das

schon ... Hinter mir rumpelt die U-Bahn in Richtung Landungsbrücken. Ich bleibe stehen und schaue auf den Strom. Die Elbe ist eisfrei. Eine Hafenfähre tuckert auf den Anleger zu. Vom Uhrenturm, dem Blickfang an den Landungsbrücken, leuchtet mir die Zeit entgegen, als ich die erste der zum Wasser führenden Brücken erreiche, entlang des vor „Anker" gegangenen Segelschiffes, der alten Bark „Rickmer Rickmers".

So mancher junge Seemann hat auf ihr das erste Weihnachtsfest auf See verbracht, hat still in der Koje gelegen und sich nach Hause gesehnt. Ich weiß, dass am Heiligabend 1907 der Steuermann Möller das Schiff im Orkan vor dem Kentern bewahrte. Der eigentliche Schiffsführer hatte getrunken und kam nicht aus seiner Kajüte heraus. Auch das gibt es. Nicht jeder Kapitän ist ein Held.

Es ist noch stiller geworden. Wie auf Bestellung rieselt der Schnee. Die Andenkenläden haben schon geschlossen. Aus dem Kuhwerder Vorhafen schiebt sich der mächtige Schatten eines Frachters in den Elbstrom. Es muss ein unter ausländischer Flagge fahrendes Schiff sein, das das Geschick des Maklers am Heiligabend aus dem Hafen treibt. Zeit ist Geld!

Ich erinnere mich, als junger Matrose auf der „Axenfels" am Heiligabend den Hamburger Hafen in Richtung Indien und weiter weg verlassen zu haben; aber das ist Lichtjahre her. Fest hin, Weihnachten her, ich war voller Neugier auf die weite Welt. Und zweimal bin ich am Heiligabend mit einem Schiff in den Hamburger Hafen eingelaufen. Solche Ereignisse bleiben im Gedächtnis haften.

Von den Kirchtürmen schlägt es vier Uhr. Eine Fähre legt ab. Das Schraubenwasser gurgelt. Ein Weilchen verfolgt mein Blick ihre Hecklaterne. Wenige Schritte entfernt hält eine junge Frau einen Jungen fest an der Hand. Er zappelt voller Ungeduld und fragt: „Mutti! Wann kommt Papas Dampfer?"

„Er wird kommen, er hat es versprochen", höre ich sie gepresst antworten. Es klingt wie eine Beschwörungsformel. In einer der Gaststätten ist noch Betrieb. Ich will mich nur kurz aufwärmen und einen Tee trinken, Tee mit einem Schluck Rum. Das Radio überträgt gerade die „Weihnachtsgrüße aus dem Heimathafen", und ich höre mich sagen, dass ich in meiner siebzehnjährigen Fahrenszeit mehr als ein Weihnachtsfest auf See verlebt habe und aus Erfahrung weiß, wie es ist, am Heiligabend draußen zu sein.

Dann grüßt Ute ihren Verlobten und eine Kapitänsfrau ihren Mann, der auf einem Trampdampfer unter fremder Flagge auf dem Weg nach Singapur ist. Sie hat Angst, dass er seinen geliebten Beruf aufgeben und zu Hause bleiben muss. Die Reederei hat sein Schiff verkauft und braucht ihn nicht mehr.

Betroffen lasse ich den Tee stehen.

Der Strom hat gekentert, die Elbe gluckert stärker an den Pontons. Es schneit immer noch. Weihnachten 1960 fällt mir ein, Heiligabend auf der „Bismarckstein"; aber das ist eine andere Geschichte ...

Der wundersame Rudertörn

Die 1922 bei Blohm & Voß gebaute „Tanganjika" der in Hamburg ansässigen Woermann-Linie lief von Las Palmas kommend auf die Walfischbai zu. Dem Kalender nach war Heiligabend, ansonsten brannte die Sonne unbarmherzig vom Himmel. An Bord befanden sich 180 Passagiere. Der Dampfer war nicht ausgebucht, aber 1938 war das kein Wunder mehr, denn viele Ausländer, besonders die Engländer, mieden deutsche Schiffe unterm Hakenkreuz. Geführt wurde der Dampfer von Kapitän Krumm, einem überaus geselligen Mann, der für seine Passagiere immer ein offenes Ohr hatte und seinen gesellschaftlichen Verpflichtungen an Bord gern und eifrig nachkam. Dass der Husumer gelegentlich ein Gläschen mehr trank, übersah die Reederei angesichts seiner Beliebtheit bei den fahrenden Gästen.

Unter den neunzig Besatzungsmitgliedern befand sich der Leichtmatrose Walter Moth. Schon auf dem Trip nach Las Palmas musste der Bootsmann Rudi Schmuhl anerkennend feststellen, dass der „Neue" mehr konnte als die meisten Matrosen. Kein Wunder also, dass der junge Moth auch ans Ruder durfte. Bei der Wacheinteilung hatte der aus der Nordheide stammende Leichtmatrose Glück gehabt, denn er liebte Sonnenauf- und Sonnenuntergänge fast so wie Hannelore in Altona und die blonde Gerda aus Kakenstorf. Wachoffizier war Günther Albrecht, der – elf Monate später – in einem Rettungsboot der „Windhuk" von der Lobito-Bay aus nach Las Palmas segeln würde, aber da war schon Krieg, und daran dachte an diesem Heiligabend weder Walter Moth noch sein Wachoffizier.

Mit einer Geschwindigkeit von 13 Knoten stampfte die „Tanganjika" südwärts. An Deck war es heiß, die leichte achterliche Brise reichte aus, um den Fahrtwind aufzuheben. So stieg und fiel der Rauch aus dem Schornstein über dem Schiff zusammen. War es an Deck schon unerträglich, so herrschte vor den Feuern die Hölle. Dort schufteten mit entblößtem Oberkörper die Heizer und Trimmer, damit der Druck in den Kesseln nicht fiel, die Geschwindigkeit gehalten werden konnte.

Die Miefquirls in den Logis und Messen liefen auf Hochtouren, aber mehr als eine optische Wirkung erzielten sie nicht. Als Walter um 20.00 Uhr von Wache kam und die Mannschaftsmesse betrat, richtete sich sein erster Blick auf den von den Schiffsjungen geschmückten Weihnachtsbaum, an dem die Wachskerzen die Köpfe hängen ließen. Sie sahen traurig aus, doch das störte nicht den Ablauf der Prozedur, schließlich war Weihnachten und musste entsprechend gefeiert werden. Die Männer der abgelösten Wache nahmen an der Back ihre Plätze ein und ließen sich den Puter mit Rotkohl und Nachtisch schmecken.

Der Chor der „Tanganjika", verstärkt um einen Quetschkommode spielenden Steward, wartete schon ungeduldig auf den sechsten Sänger, denn sie wollten, wie das so Usus war, dem Alten ein Weihnachtsständchen bringen, auch in der begründeten Hoffnung, dass ihr Gesang entsprechend belohnt werden würde. Geiz war nicht Papa Krumms Sache. Gut gestärkt, das Essen daheim hätte nicht besser schmecken können, begab sich der Matrosenchor auf das geheiligte Kapitänsdeck. Während sich über dem einsam durch die See ziehenden Dampfer ein samt'ner Himmel wölbte, mit Sternen so groß wie Golddollars, sangen sie hingebungsvoll „Stille Nacht, heilige Nacht" und als Zugabe „Leise rieselt der Schnee", als wäre es das Selbstverständlichste der Welt. Und keiner der lauschenden Passagiere lächelte auch nur darüber.

Gerührt reichte der Kapitän jedem die Hand, wünschte ein frohes Fest und schickte sie weiter zum 1. Offizier, damit er das Notwendige veranlasste, um die vom Gesang strapazierten Kehlen zu ölen. Das eisgekühlte Bier blieb nicht ohne Wirkung, und weil der Chor schon auf Tournee war, brachte er auch den Offizieren ein paar Lieder zu Gehör. Zum Repertoire gehörten sowohl Heimatlieder als auch einige wenige Shantys. Zum Abschluss des Konzerts flog noch einmal die weiße Möwe La Paloma nach Hause.

Alles an Bord des Dampfers nahm seinen Lauf. Gelegentlich meldete der auf der Back postierte Ausguck aus der See auftauchende Positionslichter fremder Schiffe. Walter Moth bereitete sich auf einen gemütlichen Abend in der Messe vor. Doch kaum hatte er sich auf seinem Stammplatz niedergelassen, als der Bootsmann auftauchte, sich prüfend im Raum umsah, ihn entdeckte und fragte: „Kannst du noch steuern oder bist du auch dun?"

Warum sollte ich das Steuern verlernt haben, doch nicht etwa von den drei Flaschen Bier, dachte der Leichtmatrose. Er nickte und kramte weiter in seinem „Bunten Teller" herum. Dem Bootsmann schien eine schwere Last vom Herzen zu fallen: „Schön, dann komm mit nach oben. Du musst auf Wache, denn nach Lage der Dinge bist du der einzige noch nüchterne Mensch an Bord, außer mir natürlich und dem Alten, der den Dampfer auf Kurs halten kann!"

An Gegenwehr war nicht zu denken. Walter ergab sich in sein Schicksal, ein bisschen Stolz war auch dabei. Immer hatte er ein ganz bestimmtes Ziel vor Augen, und das hieß, Offizier zu werden und später Kapitän. Auf der Brücke stand genervt der 1. Offizier am Ruder. Alles, was er empfand, sagte er auch: „Na, endlich!"

Und so übernahm der Leichtmatrose Moth in dieser Weihnachtsnacht wieder das Ruder, das er vor zwei Stunden erst an einen Kollegen übergeben hatte, der nun schwer angeschlagen auf der Nock stand und sich den Fahrtwind um den Schädel wehen ließ. Der Wachoffizier begab sich auf die andere Brückennock und überließ das Schiff Walter. Um Mitternacht verstummte endgültig die Quetschkommode auf dem Achterdeck. Ein paar Verliebte saßen noch auf dem Promenadendeck händchenhaltend und träumten hinaus in eine wunderbare Tropennacht. Klar funkelte das Kreuz des Südens über dem vorderen Mast der „Tanganjika", und der Leichtmatrose steuerte nicht mehr nach dem Kompass, sondern hielt den Mast genau unter dem Sternenbild. Obwohl ihm langsam die Beine zu schmerzen begannen, war er glücklich. Vor einem Jahr noch war er Schiffsjunge auf dem Hamburger Windjammer „Gertrud" gewesen. Auf der Reise von Chile heimwärts hatten sie Heiligabend am Kap Hoorn verbracht, als ein Orkan über den Windjammer herfiel und ihn zu vernichten drohte. Sturm und Regen, vermischt mit aufgepeitschtem Seewasser, waren über das Schiff gefegt. Die Untermarssegel, die jedem Sturm gewachsen sind, hingen zerfetzt an den Rahen und flatterten schließlich über Bord. Ohne ein einziges Segel, also vor Topp und Takel, trieb die „Gertrud“ durch die See. Hinter der Bark rollten die Wogen, als wollten sie das treibende Schiff einholen und zudecken. Dass Heiligabend war, hatten die Leute entweder vergessen oder verdrängt. Erst als der Sturm nachgelassen hatte, neu gesetzte Segel das Schiff zogen, befahl der Alte dem Koch, ein Weihnachtsmenü zu kochen. Die Leute lachten, denn das neue Jahr hatte schon begonnen, als der Smutje das persönlich gemästete Schwein schlachtete. Es hatte den Orkan halbwegs gut überstanden, war nicht ersoffen; aber es bekam nur eine Galgenfrist. So betrachtet lebte Walter Moth auf dem Dampfer „Tanganjika“ wie im Schlaraffenland.

Die Augenlider wurden schwerer und schwerer, immer noch hing das „Kreuz des Südens“ über dem vorderen Mast, und die Gedanken des jungen Seemannes zogen im Kielwasser des Schiffes heimwärts. Er konnte sich nicht erinnern, jemals einen Heiligabend inniger erlebt zu haben, als in dieser Nacht auf der Kommandobrücke auf dem Weg in die Walfischbai.

Erst als die Sonne ruckartig über den Horizont sprang und das Meer mit Gold überflutete, wurde Walter am Ruder abgelöst. Er hatte den Kollegen weder kommen gehört noch gesehen und erschrak, denn am Kompass konnte unmöglich der vorgegebene Kurs anliegen. Der übermüdete Leichtmatrose glaubte immer noch zu träumen, denn am Kompass lag Süd zu Ost 1/4 Ost an, und das war genau der Kurs, den er seit acht Stunden steuern sollte. Noch heute suchte der spätere Kapitän Klaus Moth nach einer Erklärung. Für ihn war und bleibt es ein Wunder, das sich noch einmal, im Krieg, wiederholte, aber das ist eine andere Geschichte …

Das passende Weihnachtsgeschenk

„Zivilisation ist, wenn man eine Badewanne besitzt, Kultur, wenn man sie benutzt“, so ungefähr pflegte Hannes Becker zu meditieren, wenn er unaufgefordert den Unterschied zwischen den beiden Begriffen zu erklären versuchte.

Nun rückte die Weihnachtszeit sprunghaft näher, und immer noch wusste Gertrude, Hannes einstige Verlobte, absolut nichts, was sie ihm zum Fest schenken könnte. Genau genommen hatte er sie, und sie hatte alles! Es war schon schwierig, ein passendes Geschenk für Hannes zu finden, denn er hatte keine Hobbies im hergebrachten Sinne, nur Leidenschaften, und die konnte sie unmöglich unterstützen.

Als sie so suchend und bummelnd durch die weihnachtlich geschmückten Straßen des Spätherbstes schlenderte, kam sie auch am Opernhaus vorbei, sah den langen Spielplan, entdeckte Szenenfotos aus dem Fliegenden Holländer von Richard Wagner und wusste nun endlich, was sie ihrem Hans, dem Kulturverwöhnten, schenken würde, der Segelschiffe fast mehr liebte als sie.

Um es vorwegzunehmen: so begeistert war Hannes, der alte Seefahrer, nicht, obwohl der aufs Altenteil versetzte Kapitän sofort die ersten tonversetzten Takte vom Steuermannssong anstimmte. Er kam dreimal bis zu der Wacht, die der Steuermann halten sollte, und endete jedes Mal bei dem Mann im Mast, der noch geholt werden musste, vom Seenotrettungskreuzer. Dann gab Hannes entnervt auf. Es ging eben nichts über einen Shanty.

Hannes Becker hatte absolut nichts gegen Bildung und Kultur. Im Gegenteil, er schätzte die Volkshochschule und Grandma Moses. Es ist auch richtig, dass er Windjammer liebte und sich darum immer noch auf See herumtrieb, mit einem eigenen Kajütboot, Reeder und Schiffer zugleich. Was ihm gelegentlich fehlte, war eine vielköpfige Crew für die anfallende Arbeit. Hannes äußerte gegenüber Gertrude gewisse Bedenken, gegen Wagner im Allgemeinen und den Fliegenden Holländer im Besonderen, hatte er doch dazu eigene Theorien entwickelt. Die Gelegenheit, sie Gertrude auseinander zu setzen, war günstig; aber weil er den häuslichen Frieden zu schätzen wusste und außerdem Hunger verspürte, gab er nach, um seine Frau zu beeinflussen. Das gelang auch, sie beorderte ihn nicht in die Kombüse, sondern ließ ihn auf seinem geliebten Sofa Augenpflege treiben.

Weihnachten: beide hatten sich in Gala und Kosten gestürzt. Gertrudes Abendkleid knisterte vor Verlegenheit und Hannes marschierte, uniformiert, selbstbewusst durch das Foyer, als wäre es die Kommandobrücke seines Frachters.

Dann saßen sie steif auf ihren Sesseln in der Loge und wagten kaum durchzuatmen, hörten andächtig den Musikern zu, die ihre Instrumente stimmten und stimmten. Im Zeitlupentempo öffnete sich der schwere Vorhang: Dalands Schiff kam in Sicht. Sofort rückte Hannes nervös auf seinem Sessel hin und her, griff forsch zum Nachtglas, stieß Gertrude unsanft in die miedergeschützte Seite und glaubte zu flüstern:

„Nun kiekbloßeinmal dat Schipp – dat ist keen Schipp, dat ist een Unglück!“

„Pst“, versuchte Gertrude auf ihn beruhigend einzuwirken, aber so leicht war Hannes nicht zu stoppen, er musste sein maritimes Wissen als alter Kap Hoornier zur Ouvertüre beisteuern:

„Wieso setzte der Alte die Topsegel, wenn er achtern schon das zweite Reff eingeschlagen hat? Was haben sie in diesem Hause für einen Regisseur? Kapitän ist er bestimmt nicht, wetten? Warum zum Teufel hat mich keiner gefragt?“

„Pst, Hannes!“

„Was heißt pst, pst? Siehst du nicht, wo der Kasten die Bramrahe sitzen hat? Siehst du das wirklich nicht? Einen Besan hat die Bark nie besessen! Kreuzen, liebe Gertrude, kreuzen kann dat Schipp nicht, das steht fest!“

Hannes lehnte sich zurück. Für ihn war die Sache gelaufen. Wer so zur See fährt, der muss Schiffbruch erleiden!

Sie waren nicht allein in der Loge, außerdem hatte Hannes nicht gerade mit gedämpfter Stimme gesprochen, wie sollte er auch bei dem Lärm auf der Bühne. Gertrude versuchte ihn zu besänftigen:

„Du hast wie immer Recht, lieber Hannes; aber kannst du nicht ausnahmsweise stumm in dich hineinprotestieren, mir zuliebe?“

Natürlich hätte Hannes gekonnt, doch er wollte nicht. Statt dessen tallyrte er laut die Besatzung durch und schüttelte angewidert sein Haupt: „47 Mann auf so einer lütten Bark! Mehr waren wir nicht auf der Viermastbark „Padua“, als wir Weizen aus Australien holten, und die trug über 3000 Quadratmeter Segeltuch! Die Menge musst du dir vorstellen, Gertrude, die Menge, und dat Schipp hat nur Fetzen an den Rahen, die fliegen bei der ersten Böe aus den Lieken!

Aha! Kiek mal, dat ist also der Fliegende Holländer! Der Kerl sieht bannig gut genährt aus. Demnach muss die Proviantlast noch gut gefüllt sein, ein Wunder ist das schon; aber wenn er nicht rasch die Marssegel bergen lässt, geit dat nicht klar! Wenigstens aufgeien müssten die Männer die Sails; aber was machen die Lüt an Deck, sie singen, dass die Masten zittern!“

Hannes Becker war zu sehr Seemann im Herzen, um länger an sich halten zu können. Das ging entschieden über seinen Kapitänshut. Erziehung ist nicht alles im Leben. Er übersah nun auch Gertrude, die ihr Gesicht verbarg und notfalls den Mann neben sich verleugnet hätte, so peinlich war ihr die Szene. Der Holländer indessen stürmte an Deck und gröhlte, beide Arme Hilfe suchend gen Himmel gestreckt: „Segel los, Anker auf!“

Senta die Treue warf sich ins Meer und heulte: „Preis deinen Engel und sein Gebot. Hier sieh mich, treu bis zum Tod!“

Hannes hielt es nicht länger auf seinem bequemen Sitz. Er sprang auf, stützte sich auf die Logenbrüstung, als wäre es die Brückennock, und schrie: „Gleich bricht die Stenge, er segelt sie ab. Das Schiff treibt in die Klippen! Rettungsboot aussetzen und Senta bergen!“

Kaum hatte er seine Befehle erteilt, wusste er schon, zu spät gehandelt zu haben. Mit verzweifelter Stimme rief er, die Hände trichterförmig vor dem Mund: „Rette sich, wer kann, alle Mann von Bord!“

Mitten im Ton brach die Musik entzwei. Verzweifelt schaute der Dirigent hoch zur Loge, zu Kapitän Hannes Becker, der noch an der Brüstung stand wie einst auf der Kommandobrücke.

Plötzlich war Gertrude verschwunden, Dalands Schiff, der blonde Jäger Erik, der dicke Holländer, der Steuermann hatte desertiert wie die ganze Crew. Er aber, Hannes Becker, lag schweißgebadet auf dem geblümten Sofa. Der Farbfernseher lief und brachte nach Wagners Oper Sandmännchens großen allabendlichen Auftritt.

Gertrude und Hannes fuhren nicht in die Staatsoper. Die teuren Karten landeten auf dem Gabentisch der Schwiegereltern. Gertrudes Vater wollte aber nur mitgehen, wenn Heidi Kabel oder wenigstens Millowitsch die Hauptrolle spielen würde.

Es bedurfte Hannes ganzer Überredungskunst, bis die weihnachtlich Beschenkten zu maulen aufhörten und einsahen, dass der „Fliegende Holländer“ Kultur ist und nichts zum Lachen.

Gertrude und Hannes machten es sich unter dem Tannenbaum richtig bequem, und er erzählte von Weihnachten auf See, aber das ist eine andere Geschichte …

Der Bruder der kleinen Atlanta

Die Barkentine „Atlanta“ war auf den Namen der inzwischen dreijährigen Tochter des Kapitäns getauft worden, die sich mit ihrer Mutter an Bord befand und mitfuhr.

Nicht alle Matrosen waren davon begeistert, denn nach allgemein verbreitetem Seemannsglauben ist es lebensgefährlich, bestimmte Personen an Bord zu haben, besonders Geistliche, Rechtsanwälte und Frauen. Es gab tätowierte Seeleute, die umgehend abmusterten, sobald ein Weiberrock an Bord auftauchte. Natürlich gibt es auch abergläubische Kapitäne, die ähnliche Bedenken haben. Oft aber ist die Liebe stärker als jede Vernunft.

Atlanta war mit Hilfe des Kapitäns als Hebamme auf dem Atlantik zur Welt gekommen, auch wenn das keiner der Leute glauben wollte, wäre nicht der alte Zimmermann gewesen, der diese Story am Leben erhielt.

Im Winter des Jahres 1924 segelte die „Atlanta“ von Trinidad nach Gulfport. Am dritten Tag der Reise legte sich die Brise schlafen, sodass alle Segel schlaff herabhingen. Der bislang am Ruder postierte Leichtmatrose band das Ruder fest und putzte fleißig grün angelaufenes Messing blank. Zu seinen Füßen spielte zufrieden das Mädchen, auf das er einen achtsamen Blick werfen sollte. So hatte es ihm der Alte eingetrichtert, der immer unruhiger hin- und herrannte und öfter in seiner Kajüte verschwand. Lag es am fehlenden Wind, der ihn rastlos umhertrieb oder waren es gar die heimlichen Vorbereitungen auf den Heiligabend?

Fragen mochte der Leichtmatrose nicht.

Plötzlich hörte er neben sich energische Kommandos. Atlanta musste von Deck, die Freiwache in die Masten, um die Segel zu bergen. Kaum waren die Arbeiten vollbracht, als eine pechschwarze Wand über die treibende Barkentine herfiel. Der Norder schien das Schiff verschlingen zu wollen. Durch den Stützbesan drehte die „Atlanta“ wunschgemäß in den Wind und kam mit dem Bug zur steil anlaufenden See zu liegen. Obwohl es Nachmittag war, konnte man die Hand nicht vor den eigenen Augen sehen. Die Besatzung hatte das Deck verlassen und sich in der Kombüse verkrochen. Nach einer guten Stunde flaute der Sturm schnell ab, und einige Segel konnten gesetzt werden.

Kaum war die Gefahr bereinigt, verschwand der Alte wortlos unter Deck und überließ dem Steuermann das Kommando. Als nach einiger Zeit sein Bulldoggengesicht stark gerötet und verschwitzt im Kombüsenschott auftauchte, fauchte er: „Heißes Wasser in die Kajüte!“

„Blödsinn, sich jetzt rasieren zu wollen“, maulte einer, ohne sich jedoch zu rühren, denn das Feuer im Herd war, als der Norder tobte, vorsichtshalber gelöscht worden. Noch hockte der dunkelhäutige Smutje mit grauem, seekrankem Gesicht zwischen am Boden rollenden Töpfen. Also blieb dem Leichtmatrosen keine Wahl, als den Befehl des Kapitäns auszuführen. Das mit dem Rasieren war Quatsch. Wahrscheinlich wollte der Alte einen Weihnachtsgrog für alle brauen. Schon der kleinen Tochter wegen würden sie Heiligabend feiern. Auch wenn es anders als daheim werden würde, so freute er sich darauf.

Der in Gedanken und Erinnerungen versunkene Leichtmatrose begriff zunächst nicht, was der Zimmermann grinsend zu den anderen sagte, sodass er nachfragte:

„Was ist, Meister Blau?“

„Wie das Kleine heißen wird? Wenn es ein Mädchen wird, tippe ich auf Cariba!“

Der junge Seemann fiel aus allen Wolken; aber wenig später drangen aus der Kajüte zunächst Schmerzensschreie der Frau, dann greinte ein Neugeborenes. Entsprechend der Vorschrift trug ein zufriedener Kapitän die Geburt im Journal der Barkentine „Atlanta“ ein. Der Junge erhielt den Namen Christlieb zur Erinnerung an den Heiligabend, der mit eintägiger Verspätung mit einer glücklichen Kapitänsfamilie zusammen gefeiert wurde.

Aus dem Sohn Christlieb wurde ein tüchtiger Seemann. Als Kapitän eines HAPAG-Dampfers rettete er in den 60er Jahren die Besatzung eines in Seenot geratenen schwedischen Fachters, aber das ist eine andere Geschichte …

Die Weihnachtsfrau der „Hornbelt"

Natürlich war die 38 Mann starke Crew froh, Heiligabend im Hafen verbringen zu können, statt draußen auf dem Nordatlantik herumzulungern, wie es oft genug vorkommt in der christlich genannten Kauffahrteischifffahrt. Der Reeder hätte es lieber gesehen, denn Hafentage kosten Dollars und bringen keine Mark ein. Die „Hornbelt" hatte kurz vor Weihnachten 1972 die Elbe verlassen, um Bananen aus Columbien zu holen. Auf dem Weg zum Englischen Kanal fegte ein eiskalter Wintersturm über die aufgebrochene See. Klotzige steile gischtgekrönte Seen türmten sich vor dem Bug des Hamburger Kühlschiffes auf. Nachdenklich betrachtete der Kapitän das Verhalten seines Schiffes. Unendlich fern schien der Horizont. Wieder einmal würde er Weihnachten auf See verbringen und nicht daheim bei der Familie hinterm Deich. Es kam ihm wie ein Wunder vor, als er auf der Höhe von Quessant Order erhielt, ein paar hundert Tonnen Ladung in La Palice zu übernehmen. Das war das beste Weihnachtsgeschenk, das die Reederei der Besatzung machen konnte.

Weihnachten in Frankreich! Das passte zusammen wie Rote Grütze mit Sahne!

Keiner der Offiziere sprach sich dagegen aus, schon gar nicht Heide, die Stewardess, im Hauptberuf junge Ehefrau des III. Ingenieurs Hans Böckelmann. Die Horn-Linie hatte auf der formellen Anmusterung der Ehefrau bestanden. Die Oberfränkin legte großen Wert darauf, nicht als Bayerin angesprochen zu werden, ausgenommen vom Kapitän; aber wer widersprach ihm schon? Als sie hörte, dass Heiligabend auf See ausfiel, richtete sich ihr ganzes Sinnen nach einem privaten Tannenbaum, einem Bäumchen für die ehegemeinschaftlich genutzte Kammer. Heiligabend, und das meinte sie auch so, wäre ein Familienfest und nichts für alleinreisende Seeleute. Doch diese weigerten sich, auf den in der Messe aufgestellten, von der Reederei gestifteten Weihnachtsbaum zu verzichten. Der Storekeeper Horst Hilbig aus Ohlsen hatte ihn mit Watte, Lametta, von den letzten Festen geretteten Kugeln und reichlich Engelshaar wunderbunt herausgeputzt. Vom eigentlichen Farbenkleid der Fichte blieb nicht mehr als ein grüner Schimmer sichtbar. Wenn es auch kritische Kommentare gab, selbst ein Ausleihen des Baumes kam für die Offiziere nicht in Betracht. Erschüttert wandte sich Heidi an die letzte Instanz, doch Kapitän Weibler hielt sich nach Rücksprache mit dem Chief ausnahmsweise für nicht befugt, in die inneren Angelegenheiten des Schiffsbetriebes einzugreifen. Hinter vorgehaltener Hand bedauerte er gegenüber seinem ersten Offizier zutiefst, dass Frauen an Bord das Leben komplizieren. Sein Stellvertreter stimmte ihm zu, schließlich wollte er Kapitän werden. Das alles focht Heidi nicht an. Sie bestand auf einem eigenen Tannenbaum und auf Weihnachten wie zu Hause.

Kaum hatten die Hafenbehörden die „Hornbelt" in La Palice abgefertigt, als Heidi an Land jumpte und mit ihr der etwas Französisch radebrechende Ehemann. Tannenbaumverkaufsstände im Schatten der Kirchen treudeutscher Lebensart suchten sie vergeblich, aber sie stießen unweit des großen grauen U-Bootbunkers auf den kleinen Blumenladen von Jean-Emilie. Hans nahm wie ein typischer Franzose beide Hände zu Hilfe, um seinen Wunsch zu verdeutlichen: „L'arbre, you understand? Fete de Noel! Non? Christbaum, l'arbre!" Der Blumenhändler gestikulierte nicht weniger als Hans und mit dem gleichen Ergebnis. Heidi begriff, dass ihr Mann mit seinem Französisch gescheitert war, schob ihn demonstrativ zur Seite und intonierte „Stille Nacht" und als das nicht half „O Tannenbaum, o Tannenbaum". Hans wünschte sich zurück in seinen Maschinenraum, zu Zylindern, Kolben und Armaturen, so peinlich war ihm die Szene.

Der auf internationale Kundschaft eingestellte Händler begriff jetzt, was die junge Frau wollte, konnte ihr jedoch nicht helfen. Er verkaufte keine „Tannenbäume", überhaupt keine l'arbre! Als er Heidis Augenwasser entdeckte, band er sich entschlossen die Schürze ab, schloss die Ladentür zu und bat die beiden gestenreich in den geparkten

Lieferwagen. So viel war klar, der Blumenhändler wollte ihnen helfen. Im Höllentempo rauschten sie am Bunker entlang. Rot leuchtende Ampeln an Straßenkreuzungen entlockten dem Fahrer herablassende Bemerkungen wie „Grand Theatre“, hielten ihn aber nicht auf.

Nach einer halben Stunde bremste Jean-Emilie vor einem kleinen Haus außerhalb der Stadt. Heidi interessierte das Gehöft nicht, sie sah nur die Tanne im Vorgarten. Sie war kerzengerade gewachsen und hatte genau die gewünschte Größe. Es dauerte endlos währende Minuten, bis Jean-Emilie zurückkehrte, bewaffnet mit einer fuchsschwanzähnlichen Säge. Ohne sich zu äußern, fiel er über das Bäumchen her und warf es auf die Wagenpritsche. Die streng katholisch erzogene Heidi nahm auf ihren eifersüchtigen Ehemann keine Rücksicht, als sie Jean-Emilie umarmte. Sie überhörte Hans' Warnung: „Das geht entschieden zu weit!“ Aber was geschehen war, war geschehen!

Mit Vollgas ging es zurück zum Hafen. Am Steuer ein singender Blumenhändler. Es dauerte keine drei Straßenkreuzungen, bis alle drei „O Tannenbaum, o Tannenbaum“ sangen, jeder so, wie es ihm gefiel.

Die Böckelmanns schafften es, noch vor dem offiziellen gemeinsamen Abendessen an Bord zu sein. Noch einmal setzte sich Heidi über Hans' Ermahnungen hinweg, denn Jean-Emilie lehnte jede andere Bezahlung ab.

Während Hans das Bäumchen in ihrer Kammer schmückte, half die angemusterte Stewardess, die Tische in der Offiziersmesse zu decken. Dabei hörte sie den Koch gegenüber dem Bootsmann klagen, dass die Reederei immer am falschen Ende sparen würde: Ein Baum für das ganze Schiff, das wäre zu wenig! Und dieser Baum stand in der Offiziersmesse.

Nach dem gemeinsam eingenommenen Essen, es gab Gänsebraten mit Rotkohl, Vorspeise, Suppe und Nachtisch, wurden die Kerzen angesteckt. Alles war wunderbar, wäre nicht die Klage des Kochs gewesen. Sie ging Heidi nicht mehr aus dem Sinn. Dann hatte sie sich entschlossen, verließ die Messe, holte das geschmückte Bäumchen aus ihrer Kammer und brachte es hinüber in die Mannschaftsmesse, als Geschenk des Weihnachtsmannes. Ihr Mann wunderte sich, als sie strahlend zurückkehrte, sie verweigerte zunächst jede Auskunft. Und während draußen der Wind um die Aufbauten jammerte, sangen sie gemeinsam Weihnachtslieder, auch „O Tannenbaum ...“. Heidi war glücklich. Es war sehr spät, als der Bootsmann auftauchte, um den Offizieren ein frohes Weihnachtsfest zu wünschen. Als er Heidi die Hand drückte, sagte er verlegen: „Es gibt neuerdings auch Weihnachtsfrauen, und die treiben sich ausgerechnet auf See herum. Wir haben bannig Glück, dass sich eine unsere ‚Hornbelt‘ ausgesucht hat!“

Zwei Reisen später musterte Heidi Böckelmann ab, keine zwei Jahre später trennte sich das Ehepaar; aber das ist eine andere Geschichte ...

Feind bescherte Kreuzer mit Weihnachtstelegramm

Um seine Kolonien zu schützen, war das Deutsche Kaiserreich gezwungen, ständig Kriegsschiffe in Übersee zu stationieren. Ende April 1914 hatte der 1905 in Dienst gestellte Kleine Kreuzer „Königsberg“ unter Führung von Fregattenkapitän Max Looff die Kaiserliche Werft in Wilhelmshaven verlassen. Es war die erste Auslandsreise des 24 Knoten schnellen Kriegsschiffes, das für 5,4 Millionen Goldmark in Kiel gebaut worden war.

Die 320 Mann starke Besatzung freute sich auf die längere Seereise und die Stationierung in Ostafrika als Lohn für den überstandenen Flottendienst in heimischen Gewässern. In ihren schmucken blauen Uniformen waren die Männer an Deck angetreten. Man sah ihnen nicht an, aus welchen Provinzen sie kamen, nur wenn sie sprachen, gaben sie es zu erkennen. Der Kommandant beglückwünschte die Besatzung zu dem schönen Kommando, auf dem sie ein Stück der großen Welt kennen lernen und als gereifte Männer wieder ins Vaterland heimkehren würden.

Grell tönte die Bootsmannspfeife, der Admiral verließ den Kreuzer. Während auf dem nahen Bahnhof noch Eltern und Freundinnen dem Schnellzug entstiegen, um den Sohn, Mann oder Verlobten noch einmal zu sehen, machte das Schiff in der Schleuse der dritten Einfahrt mit seewärts gekehrtem Bug fest. An Weihnachten dachte im April noch niemand und auch nicht an Krieg.

Die dritte Einfahrt war militärisch gesperrt, und nur den Angehörigen der Besatzung stand der Weg zum Schiff offen, das, dicken Qualm aus den Schornsteinen stoßend, ungeduldig an den Festmachern zurrte. Die Kriegsflagge sank auf Befehl, und über ihr wurde der weiße Kirchenwimpel mit dem liegenden roten Kreuz gesetzt, während die große Schiffsglocke in feierlichen Schlägen zum Gottesdienst rief. Als dieser mit dem Niederländischen Dankgebet geschlossen hatte, stand vielen jungen Matrosen das Wasser in den Augen.

Bunte Signalflaggen stiegen am Mast der Nachrichtenstelle auf der Einfahrt hoch. Zurufe begleiteten das scheidende Schiff, das mit langsamer Fahrt die Schleusenkammer verließ.

Problemlos erreichte die „Königsberg“ die ostafrikanische Kolonie und machte im Hafen von Daressalam die Leinen fest als Ablösung für das Kanonenboot „Geier“. Der Ausbruch des Ersten Weltkrieges kam überraschend; aber auch fern der Heimat wollten die Soldaten ihre Pflicht erfüllen. Die „Königsberg“ erhielt einen neuen Sender, keinen deutschen, wie er vorhanden war, sondern einen ausländischen, einen Marconisender, um den gegnerischen Funkbeobachtungsdienst täuschen zu können, was zunächst auch öfter gelang.

So wurde auf deutscher Seite versucht, den Engländern glaubhaft zu machen, dass die „Königsberg“ auf See war. Dazu dienten die auf dem Frachter „Somali“ mit dem deutschen Sendegerät abgesetzten Funksprüche. Der Trick gelang. Unbehelligt erreichte der ausgeschickte Versorger den Kleinen Kreuzer. Mit gefüllten Bunkern suchte der Kommandant der „Königsberg“ dem Feind Schaden zuzufügen. Er beschädigte auf der Reede von Sansibar den dort ankernden englischen Kleinen Kreuzer „Pegasus“. Danach verbarg sich die „Königsberg“ im Rufidgi-Delta. Der gegnerischen Funkaufklärung blieb das Versteck nicht verborgen.

Es kam zum Gefecht, wobei die „Somali“ durch Artilleriefeuer verloren ging. Ohne neu zu kohlen, war die „Königsberg“ hilflos und Nachschub nicht in Sicht.

Zwar konnte der Kreuzer Funksprüche aus der Heimat über den starken Sender Nauen empfangen, er selber aber besaß keinen, und die deutsche Kolonie in Ostafrika verfügte noch nicht über die im Bau befindliche Großfunkstelle Tabora. Als die „Königsberg“ die Heimat verlassen hatte, war Frieden gewesen. Das wurde allen so richtig erst bewusst, als Weihnachten immer näher rückte. Es fehlten die gewohnten Fichten und die Liebesgaben aus der Heimat. Und trotzdem war auf dem Kriegsschiff weihnachtliche Stimmung zu spüren. In allen Decks wurden Christbäume hergestellt, und die Divisionen eiferten um den schönsten. Wahre Wunderwerke kamen zustande. Am späten Nachmittag des Heiligen Abends begann das Weihnachtsfest mit einem Gottesdienst an Deck. Weihevoll tönte unter Palmen und Lianen „Stille Nacht, heilige Nacht", von dreihundert kräftigen Männerstimmen gesungen, über den Fluss.

Der Kommandant wünschte seinen Leuten ein frohes Fest und glückliche Heimkehr, als einer der Dienst habenden Funkoffiziere auf der Schanze erschien und ihm einen Zettel reichte. Fregattenkapitän Looff stutzte, las, runzelte die Stirn, beratschlagte sich mit den hinter ihm aufgebauten Offizieren. Irgendetwas schien im Busch zu sein. Das fühlten die angetretenen Seeleute auf den Decks des Kreuzers. Erhielten sie Kohlen, um den Kampf mit dem draußen auf Lauer liegenden Gegner aufnehmen zu können? War es dem Transporter „Rubens" oder einem Frachter der in Ostafrika verbliebenen Flotte der Deutsch-Ostafrika-Reederei gelungen, die britische Hafenblockade zu durchbrechen?

Inzwischen hatte der Kommandant die Besprechung mit seinen Stabsoffizieren abgeschlossen. Er trat einen Schritt vor, blickte aufmerksam in die Runde und gab mit befehlsgewohnter Stimme bekannt, dass der Kommandant des englischen Kreuzers „Chatham", seine Offiziere und Matrosen ihnen über Funk in deutscher Sprache ein fröhliches Weihnachtsfest und ein glückliches neues Jahr gewünscht hätten mit dem Zusatz, dass man hoffe, sich bald zu sehen.

Einen Augenblick hielt Looff in seiner Ansprache inne, um die Worte wirken zu lassen, und fuhr dann fort: „Wir danken unseren Kameraden von der Royal Navy für die Grüße! Ich habe angeordnet, diese zu beantworten mit dem Hinweis ‚Thanks, same you, if you want to see, I am always at home!'

Mit einem dreifachen Hipphipphurra auf den Kaiser schloss der Kommandant seine Weihnachtsansprache, die durch den ungewöhnlichen Funkspruch des gefechtsbereiten Gegners in die Seekriegsgeschichte eingegangen ist. Er wusste nichts von seinem englischen Kollegen. Aus Geheimdienstgründen fehlte der Name des englischen Kommandanten auf dem Telegramm.

Max Looff hielt es für denkbar, dass sie sich kannten, von der Kieler Woche her oder einem Auslandsbesuch. Vielleicht hatten sie im vergangenen Sommer noch gemeinsam gesegelt, sich abends getroffen, zugeprostet, und jetzt schossen sie aufeinander, und jeder von ihnen war bereit, den Tod des anderen gewaltsam herbeizuführen.

Die festliche Stimmung in brütender Hitze verwischte bis Morgen alle Rangunterschiede. Für einige wenige Stunden legte die schwimmende, waffenstarrende Festung ihr unheildrohendes Gewand ab, und es schien, als ob der Bibelspruch Gültigkeit habe: „Friede auf Erden und den Menschen ein Wohlgefallen“.

Dass der Weihnachtsgruß der Briten eine Falle sein könnte, daran dachte niemand ernsthaft. Drüben wie hüben wurde Heiligabend gefeiert. Auf der „Königsberg“ waren alte Krankenrapporte in Blätter, Strohhalme in Tannennadeln und Moos verwandelt worden, sodass die künstlichen Bäume von echten Fichten kaum noch zu unterscheiden waren. Einzelne Schwachstellen hatten die „Künstler“ mit steinhartem Schiffszwieback verhängt. Die Schiffsjungen wurden von der Nachtwache befreit, sie konnten ungestört durchschlafen und sich in die Heimat träumen.

Der Auslandskreuzer wurde am 11. Juli 1915 zusammengeschossen. Zum Glück gab es nur wenige Tote. Die restliche Besatzung verstärkte die „Deutsche Schutztruppe in Deutsch-Ostafrika“.

Als die Besatzung der „Königsberg“, aus der englischen Gefangenschaft entlassen, am 1. März 1919 in Berlin eintraf, wurde sie trotz Revolutionswirren so stürmisch begrüßt, als hätte sie die gesamte britische Flotte versenkt.

Anlässlich der Kieler Woche, vier Jahre später, traf Admiral Max Looff auf seinen englischen Kontrahenten der „Chatham“. Im Kieler Yachtclub feierten sie das Ereignis entsprechend; aber das ist eine andere Geschichte …

Das geschenkte Leben

Die im Danziger Schiffsregister eingetragene Schonerbark „Vertrauen“ hatte am 12. November 1877 den Heimathafen mit einer Ladung Schnittholz für Grimsby verlassen. Die Reise um Skagen war der fortgeschrittenen Jahreszeit entsprechend hart, aber infolge günstiger Winde auch schnell verlaufen. Darüber freute sich keiner mehr als Kapitän David Müller, ein erfahrener Schiffsführer mit einer Besatzung, auf die er sich verlassen konnte, alles unkomplizierte Leute aus Danzig und der Umgebung.

Im Anschluss konnte der Alte einen Vertrag über eine Ladung Kohlen nach Danzig abschließen. Und da der Makler eine gute Fracht ausgehandelt hatte, kehrte der Schiffer zufrieden mit sich in „Worlds End“ ein, um in der Kneipe ein paar Gläser Port zu trinken. Auf Vorrat gewissermaßen, denn unterwegs hielt er den Alkohol unter Verschluss.

Für seine Frau hatte er als Weihnachtsgeschenk eine Bowlenschüssel aus englischem Steingut erworben, ein Gelegenheitskauf, aber ein Stück, über das sich Hedwig freuen würde, hoffte jedenfalls der Alte. Trotz der frühen Stunde gab es kaum leere Stühle. Ein paar abgerissene Fischersleute stritten heftig an einem der runden, fleckigen Tische. Müller klemmte seine Schüssel unter den Arm und machte, dass er auf sein Schiff kam.

Einen Tag vor Heiligabend polterten die letzten Steinkohlenbrocken in den Laderaum, die beiden Luken wurden geschlossen und seefest verschalkt. Für den 52-jährigen Kapitän, der sparsam mit den Worten umging, gab es keinen Grund, länger als notwendig im Hafen zu bleiben, denn der Wind wehte aus westlicher Richtung und versprach eine schnelle Heimfahrt. Gewiss, das Weihnachtsfest müssten sie draußen auf See verbringen, aber das war nichts Ungewöhnliches. Er war der Sohn eines Kapitäns und seine Frau war auf der Frischen Nehrung in einer Fischersfamilie aufgewachsen. Sie hatten ihr Auskommen, zu mehr reichte es nicht. Vielleicht würde es ihr Sohn einmal besser haben.

Die Nacht verlief unruhig. Der Kapitän kam kaum von Deck. Unter verhangenem sternenlosen Himmel nahm der Wind ständig zu bei stark fallendem Barometer. An Umkehren war nicht zu denken. Zwar hatte die Schonerbark ihre Jahre auf dem Kiel, aber sie hatte schon etliche Stürme überstanden. Als der Morgen graute, ließ er weitere Segel bergen. Kurze Zeit später knallte die Klüverfock in einer Böe weg, fast gleichzeitig brach der Besanbaum. Am Ruder festgelascht hielt der Matrose Ernst Wahrheit aus Danzig-Langfuhr den Windjammer auf Kurs. Seine Lehrjahre hatte er auf der Elbinger Brigg „Nummer Eins" verbracht. In nicht allzu ferner Zeit wollte er die Steuermannsschule besuchen. David Müller förderte den jungen Mann und brachte ihm die ersten Kenntnisse bei. Jetzt aber hatte er dafür keine Zeit. Gegen 17 Uhr brach die Hölle über die Barkentine herein. Der Alte sprang an Deck, packte mit an, als eine der wilden Sturzseen von achtern über das Schiff lief. Die Grundsee zerbrach das Ruder und wusch den Matrosen von Deck in die kochende See. Keiner bemerkte sein Verschwinden, und wenn, niemand hätte ihm helfen können. Sein verzweifelter Hilferuf verwehte der Sturm, sein Schicksal schien besiegelt. Er sah, wie sich die Schonerbark schwer auf die Seite packte, ein weiteres Segel davonflatterte. Nun ist alles aus, Gott hilf mir, brüllte er oder dachte er nur, denn die Ereignisse überschlugen sich, und später konnte er sich nicht daran erinnern. Etwas stieß gegen seine Brust. Instinktiv griff er zu und stellte fest, dass er mit einem Arm über der Reling seines Schiffes hing.

Die Angst verlieh ihm übermenschliche Kräfte. Trotz der schweren, voll Wasser gesogenen Kleidung und der ledernen langen Seestiefel konnte er sich an Bord hangeln. Unbemerkt, wie er verschwunden war, kehrte er zurück.

Zunächst war der junge Matrose gerettet, nicht aber das Schiff. Steuerlos trieb die von der See übel zugerichtete „Vertrauen" auf die jütländische Küste zu und strandete am zweiten Weihnachtstag bei Lemvig. Versuche, sie vor

Anker zu legen, waren jämmerlich gescheitert. Die sich überschlagenden Brandungswellen warfen den wrack geschlagenen Segler auf ein zweites, dahinter liegendes Riff, wo er so lange den Elementen trotzte, bis die zu Hilfe geeilten dänischen Fischersleute einen Raketenapparat mit Hosenboje aufgebaut hatten und die gesamte Besatzung retten konnten. Als letzter verließ der Schiffer David Müller seine „Vertrauen". Das Schiff war verloren; aber das konnte leicht ersetzt werden. Das Seeamt sprach ihn von jeder Schuld frei und lobte ihn für seine besonnene Haltung nach der Strandung.

Der auf so wundersame Weise von Sankt Nikolaus oder wem auch immer gerettete Matrose Ernst Wahrheit feierte, solange er lebte, zweimal im Jahr Geburtstag, und er hatte allen Grund dazu. Er blieb bei der christlichen Seefahrt, besuchte die Navigationsschule in Danzig und fuhr einige Jahre als Steuermann auf einem Elbinger Schiff. Sein Wunsch aber, Kapitän zu werden, erfüllte sich nicht; aber das ist eine andere Geschichte ...

„Ehre sei Gott auf dem Meere“

Nur Seeleute können über die See schreiben und das Leben auf den Schiffen, ohne dass der Kitsch aus den Zeilen quillt. Einer von ihnen, der es meisterhaft verstand, war der in Stettin geborene Frederik Naval, bekannter unter dem Pseudonym Fritz Brustat-Naval, Kapitän auf Großer Fahrt.

Abenteuer beginnen nicht selten mit Nichtigkeiten. So auch mit dem Wechsel des Schiffsjungen Naval vom Stettiner Zweimastgaffelschoner „Zeus“ auf das Vollschiff „Greif“ der Stettiner-Dampfer-Companie. In diesem Falle war es eine deftige Ohrfeige, die der Bestmann dem Schiffsjungen verpasste. Weil es nicht die erste gewesen war, befürchtete Naval weitere und verließ den kleinen Küstensegler, um auf große Fahrt zu gehen. Die Zeiten waren schlecht, in den Häfen lagen viele Dampfer und Segelschiffe auf, aber der aufgeweckte Junge hatte das notwendige Glück. Die Stettiner Reederei hatte das 1892 in England gebaute Vollschiff „Edouard Bureau“ gekauft, um es als Segelschulschiff „Greif“ einzusetzen, und suchte noch Zöglinge, die für ein Taschengeld von fünf Mark im Monat zu arbeiten bereit waren.

Zunächst aber musste es in Geestemünde auf der Werft von Joh. C. Tecklenborg für die bevorstehenden Aufgaben umgerüstet werden. Die Musterung der Besatzung erfolgte Ende Oktober 1924, aber statt hinaus in See zu gehen, weil dort die Schiffe ihr Geld verdienen und nicht in den Häfen, blieb die „Greif“ zunächst, wo sie war. Es fehlte an passender Ladung, die angebotene wurde von den Dampfern weggeschnappt. So verging die Zeit. Mit sinkenden Temperaturen sank auch die Stimmung an Bord. Die riesige Takelage war von Raureif und Neuschnee verkrustet und nahm sich von weitem wie Filigran aus. Im Schiffsjungenhaus auf dem Vordeck mischte sich der Duft des Tannenbaumes mit der Wärme der Kerzen. Es war Heiligabend. Die Wände waren mit bunten Signalflaggen geschmückt. Tannengrün umrahmte die Kojen und die Bilder. Die Jungen bewegten sich in einer Wolke von billiger Haarpomade, Mottenpulver, Seife und verschlangen zum Abendbrot erhebliche Mengen von Schweinebraten mit Rotkohl, als es hieß: „Alle Mann achteraus!"

Im Hintergrund des Kapitänssalons türmten sich Berge von kleinen und großen Paketen, darüber gebeugt die schwitzenden Gesichter der uniformierten Offziere, die sich bemühten, die richtigen Empfänger herauszufinden. Kapitän Burmesters Gesicht glühte bis an den kahlen Schädel in pickwickscher Selbstzufriedenheit, eine Folge des übermäßigen Groggenusses. Das in der Ecke aufgebaute Grammophon dudelte den „Finnischen Reitermarsch" und mehrmals „Es läuten die Glocken, der Lenz ist da". Keiner nahm an der nicht gerade weihnachtlichen Musik Anstoß. Nachdem die Glocken des Grammophons zweimal geläutet hatten, erfolgte die Ausgabe der Pakete. Sie enthielten die üblichen Dinge, aber auch die begehrten Süßigkeiten. Danach entstand eine Verlegenheitspause. Offenbar hatten die Offiziere versäumt, ein Festprogramm auszuarbeiten. Schließlich ergriff der jüngste Steuermann die Bibel, die zwischen den Gläsern griffbereit auf der Back lag. Seine Finger suchten Lukas zwei: Es begab sich aber zu der Zeit, dass ein Gebot von Kaiser Augustus ausging. Infolge verständlicher Nervosität überflog er die ersten Zeilen. Wie er so las und immer selbstsicherer wurde, huschte ein inneres Leuchten über sein ehrliches bayrisches Bauerngesicht, das die Leute um ihn herum seltsam berührte. Als er zu der Stelle kam „alsbald war bei dem Engel die Menge der himmlischen Heerscharen", fielen alle andächtig ein:

„Ehre sei Gott in der Höhe, und Friede auf Erden und den Menschen ein Wohlgefallen!"

Der Alte nickte mit seinem kahlen Schädel und brummte salbungsvoll:

„Ehre sei Gott auf dem Meere!"

„Amen –", sagte der Zweite und schloss andächtig die Bibel. Draußen begann es stärker zu schneien, die Welt versank in Lautlosigkeit. Als alle Lieder durchgesungen und die

Groggläser leer waren, verschwanden die angeheiterten Matrosen in ihre Logis und die Jungen in ihr Deckshaus, auch Frederik Naval, der einfach Fietje gerufen wurde. Er wickelte sich fester in seine alte Steppdecke und steckte den Kopf tief in das klumpige Federkissen, denn wenn spät abends der kleine eiserne Ofen zu bullern aufhörte, kroch unaufhaltsam von draußen die Kälte herein.

Er dachte an daheim, erinnerte sich an Weihnachten vor einigen Jahren, als er sich ein Puppentheater gewünscht hatte und nichts anderes in Frage kam. Und die Mutter hatte eine solche Seltenheit im Klosterhof bei einem Althändler aufgetrieben. Ein Stück selbst führte er nie auf, es blieb beim Vorhaben, bis die Episode Puppentheater vorbei war. Er hatte erkannt, dass die Welt hinter den Kulissen eine andere ist als die vor der Rampe, und das war nicht gerade wenig.

Als Frederik Naval aufwachte, war der karierte Bettbezug an der Bordwand mit Eiskristallen bedeckt. In den ersten Tagen des neuen Jahres verließ die „Greif" die Weser zur Weltumsegelung; aber das ist eine andere Geschichte …

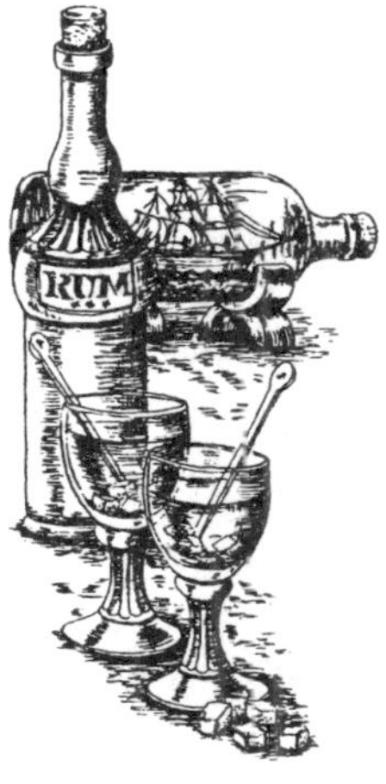

Weihnacht bei Kap Hoorn

Was macht das Herz mir lauter schlagen,
was treibt das Blut zu schnellerm Lauf?
Ein Märchen scheint aus alten Tagen,
das mir sich drängt so seltsam auf.

Ich schweif zurück in frohe Zeiten,
zu meiner Kindheit erstem Traum,
ich hör die Weihnachts-Glocken läuten,
ich seh den hellen Lichterbaum.

Doch längst entschwunden sind die Zeiten
und ausgeträumt der Kindheit Traum,
ich hör die Glocke nicht mehr läuten
und kann die Mutter nimmer scheu'n.

Ich hör der Wellen ew'ges Rauschen,
ich hör des Sturmes Heulen an,
stockfinster ist die Nacht da draußen
und mühsam bricht das Schiff sich Bahn.

Ja, Schnee und Hagel, Sturm und Wellen
aus ewig nie versiegtem Born,
nur Blitze, die die Nacht erhellen,
das ist die Weihnacht bei Kap Hoorn!

Vegesacker Kapitän 1884

Das Weihnachtsschiff

Der Stolz des „Norddeutschen Lloyds“, der 1909 gebaute Passagierdampfer „George Washington“, befand sich im Dezember des Jahres 1912 auf der Reise von Bremerhaven nach New York und sollte laut Fahrplan rechtzeitig vor Heiligabend dort eintreffen. Garant dafür war Kapitän Charles Pollack. Die Passagiere liebten den schnauzbärtigen Riesen. Für viele war er einfach „Papa Pollack“ oder „Charly“, der, wenn es sein musste, achtundvierzig Stunden auf der Brücke stand, um danach lächelnd seinen gesellschaftlichen Verpflichtungen nachzukommen.

Wer den Nordatlantik aus eigenem Erleben kennt, ahnt, was der Kapitän angesichts der hohen, steilen Wellenberge befürchtete. Regen, Schneeschauer und Hagelböen schränkten außerdem die Sicht ein. Sein Dampfer war nicht das einzige Passagierschiff, das New York erreichen wollte, bevor die Kerzen am Weihnachtsbaum angezündet wurden. Und jeder Kapitän war bestrebt, den Fahrplan einzuhalten. So herrschte auf der Brücke der „George Washington“ höchste Aufmerksamkeit, um die Ansteuerungstonne zum Ambrose-Channel nicht zu verfehlen. Kaffee, Können und Glück, die wichtigsten Elemente der Navigation stimmten auch diesmal. Plötzlich tauchte aus dem schmierigen Wetter in schräger Vorausrichtung, wenn auch auf der falschen Seite, das gesuchte Feuer auf. Von Tonne zu Tonne tastete sich der Dampfer mit zurückgenommener Geschwindigkeit bei unverändert schlechter Sicht weiter. Kurz vor der Krümmung des Kanals nach Steuerbord tauchten zwei weiße Lichter eines Fahrzeuges auf. Für lange Überlegungen fehlte die Zeit. War es ein fahrendes Schiff?

Wo war die rote, wo die grüne Seitenlaterne?

Wie weit ab?

Ein Ankerlieger?

Im oder neben dem Fahrwasser?

Nichts war eindeutig, alles möglich. Es blieb dem Kapitän nur das ungeliebte so genannte Manöver des letzten Augenblickes:

„Beide Maschinen voll zurück!"

Der an der Peilscheibe das fremde Fahrzeug beobachtende Offizier warnte aufgeregt mit hoher Stimme:

„Peilung steht!!"

Zu spät, der mächtige Bug der „George Washington" drehte auf die Seite eines unbeladenen ankernden Tankers zu. Dann krachte und knirschte es, als Eisen auf Eisen stieß. Funken flogen, ein Höllenlärm.

Waren Menschen verletzt?

Brauchte der Gegner Hilfe?

Machte das eigene Schiff Wasser?

Diese Gedanken bewegten den Kapitän. Zum Glück für alle Beteiligten hielten sich die Schäden in Grenzen. Die „George Washington" konnte die Fahrt fortsetzen. Bei der Doktor-Station Sandy Hook erfuhren sie auf Nachfrage, dass noch keines der avisierten „Weihnachtsschiffe" den Hafen von New York erreicht hatte.

Als am 24. Dezember der Morgen graute, sah die Welt auch so aus. Nach der Quarantänefreigabe durch die zuständige Behörde hätte der Passagierdampfer die Fahrt fortsetzen können; aber daran war wegen des Nebels nicht zu denken, auch wenn die gut betuchten Passagiere unruhiger wurden und die Funkstation belagerten.

Nach dem Frühstück hielt es auch Kapitän Pollack nicht länger aus. Er musste handeln und befahl:

„Hiev Anker! Beide Maschinen langsam voraus!"

Das Kommando löste Begeisterungsstürme bei den Passagieren aus. Ihr „Papa" Pollack würde es schaffen! Sie waren außer sich vor Freude. Behutsam schob sich schließlich die „George Washington" in die Hoboker Pieranlage hinein. An Land wartete eine winkende Menge, unter ihnen viele Reporter, an Bord jubelten die Passagiere.

Wenig später stand Captain Pollack am Fallreep und nahm die vielsprachigen aufrichtigen Glückwünsche seiner Passagiere entgegen, als wäre dieses seemännische

Glanzstück das Selbstverständlichste für einen Kapitän des „Norddeutschen Lloyds" gewesen.

Die Weihnachtsdampfer der konkurrierenden Reedereien lagen immer noch im Nebel vor Anker beim Feuerschiff. Was bedeutete bei diesem Prestigegewinn – weidlich besonders von der New Yorker Presse ausgeschlachtet – für die Bremer Reederei schon der am Tanker angerichtete Versicherungsschaden von 180000 Mark, zumal das eigene Schiff nur Farbkratzer davongetragen hatte, die von den eigenen Leuten noch am Weihnachtsfest ausgebessert werden mussten.

Nachdem alle Gäste von Bord waren, genehmigte sich der Kapitän seinen geliebten Kosakenkaffee. Er konnte Glas um Glas davon trinken, und so seltsam die Zusammenstellung auch klingt, zwischendurch ließ er sich von seinem Steward Erdbeereis servieren.

„Papa" Pollack besuchte 1934 einen seiner „Söhne", so nannte er alle bei ihm gedienten Offiziere, Kapitän Ziegenbein vom Schnelldampfer „Bremen". Es gab die übliche Abschiedsfeier: Kosakenkaffee mit Erdbeereis. Um Mitternacht brachte der Kapitän seinen verehrten Gast zum Fallreep. Es hatte geregnet. Die Kais im Schleusenkomplex Bremerhaven waren schmal und rutschig. „Papa" Pollack muss ausgerutscht und ins Wasser gestürzt sein, aber das ist eine andere, eine traurige Geschichte …

Das Christkind des Kapitäns

Es war hundekalt, als das bis zur Plimsollmarke abgeladene Küstenmotorschiff „Julianka“ den Lübecker Hafen verließ. Der von Ivers & Co. gecharterte Frachter gehörte dem in Itzehoe ansässigen Reeder Peter Witthein, der 1954 nur dieses in Wewelsfleth gebaute Schiff besaß und als Maschinist mitfuhr. Einen besseren Job konnte sich der erst 24-jährige Kapitän Rudi Böhnke nicht wünschen. Noch gab es keine Container im Linienverkehr, dafür längere Liegezeiten in den Häfen. Konnte der Fahrplan eingehalten werden – dafür zahlte der Charterer eine Prämie –, traf das Schiff nach zehn Tagen Abwesenheit wieder in Lübeck ein, um es vier Tage später zu verlassen. Für Seemannsverhältnisse war das ein geregeltes, ideales Familienleben. Zur vollgültigen deutschen Familie fehlte noch der Nachwuchs. Die „Kiellegung“ war erfolgt, und beim „Stapellauf“ müsste er nicht unbedingt anwesend sein, behauptete Böhnke, aber alle an Bord wussten, dass die Geburt zwischen Weihnachten und Neujahr erfolgen sollte.

Bis zur Insel Gotland herrschte bestes Winterwetter, dann behinderten Dunst und Nebel die Weiterfahrt. Noch gab es auf deutschen Schiffen keine Radargeräte, und so hing die Sicherheit des Schiffes von der Aufmerksamkeit der Wache ab. Der junge, noch belastbare Kapitän kam aus seinen Kleidern nicht heraus und lebte von Kaffee und Zigaretten. Schiffe im Linienverkehr müssen zuverlässig sein.

Zum Glück brauchte die „Julianka“ infolge günstiger Faktoren wie Bauart und Maschinenstärke keine Eisbrecherhilfe. Nach Auswertung der letzten Wetterberichte entschloss sich der Kapitän, dicht unter der finnischen Küste einen Weg durch das Festeis zu suchen. Heiligabend wollten sie nicht im Eis, sondern in Helsinki verbringen. Der am Ruder postierte schmächtige Leichtmatrose, mit einer Vorliebe für Hemingways Roman „Wem die Stunde schlägt“, schwärmte von den hübschen, gebildeten Mädchen, die im Internationalen Seemannsclub als Tänzerinnen zur Verfügung standen. Auf den ständig verliebten Matrosen Jan Klüver wartete im Hafen seine finnische Freundin. Der Zoll kannte sie, und wie bei anderen Gelegenheiten würde sie den für die Weihnachtsfeier unerlässlichen Alkohol, billigen Cognac und hochprozentigen deutschen Wodka, an Land schmuggeln. Aufgeregt erschien der Kochsmaat in immer kürzeren Abständen, um nachzufragen, wann das Schiff im Hafen sein werde und was er kochen oder braten solle.

Das erste brüchige, in Flächen treibende Eis bereitete der eisverstärkten „Julianka“ keine Probleme. Und wuchtig schob sich bald darauf der Bug durch das erste Festeis und brach es, als wäre es dickes Glas. Trotzdem galt es, jede sich bietende Eisrinne zu nutzen.

Über Funksprech verfolgte der Kapitän die Positionen der finnischen Eisbrecher und der auf Hilfe wartenden festsitzenden Dampfer. Rudi Böhnke horchte auf, als die „Sisu“ von der „Ness“ um Eisbrecherhilfe gebeten wurde. Der Eisbrecherkapitän bat um Geduld. Böhnke mischte sich in das Gespräch ein, schließlich war der Kapitän der „Ness“ mehr als nur ein Kollege. Er bat Malte Teil, sämtliche Lichtquellen kurz aus- und einzuschalten, was auch geschah. So konnte er die „Ness“ leicht aus dem Pulk festsitzender Frachter herausfinden. Im Abstand von wenigen Metern schob sich das Küstenmotorschiff an der langen Bordwand der größeren „Ness“ vorbei, und befreit folgte sie im Kielwasser.

Das kleine Geleit erreichte mittags Helsinki. Noch bevor die Formalitäten erledigt waren, erschien Malte Teil und lud die Crew zur Weihnachtsfeier auf die „Ness“ ein, als Dank für die erwiesene Eisbrecherhilfe. Witthein war besonders stolz auf sein Schiff, und so gelobt fragte er spontan seinen jungen Kapitän: „Wollen wir nach Hause fliegen?“

Was für ein Weihnachtsgeschenk! Und die Überraschung zu Hause … Für beide war es der erste Flug überhaupt. Das allein war schon ein Abenteuer und erst recht, als die zweimotorige Maschine Hamburg nicht anfliegen konnte und nach Kopenhagen ausweichen musste. Mit dieser Entwicklung hatten sie nicht rechnen können; aber der Reeder fand eine Lösung. Er ließ sein in Hamburg geparktes Auto nach Lübeck kommen. Mit ihm fuhren sie nach der Fahrt mit der Eisenbahn und der Fähre über den Sund nach Schmalenbeck, dem Wohnort des Kapitäns. Die noch geringe allgemeine Motorisierung brachte es mit sich, dass die Straßen leer waren. Und wer ein Automobil besaß, fuhr damit nicht am Heiligabend auf einer ungestreuten, eisüberzogenen Autobahn, mit Ausnahme von Peter Witthein.

Rutschend passierten sie die Ausfahrt Ahrensburg. In Schmalenbeck angekommen, verabschiedete sich der Reeder und setzte die Fahrt nach Itzehoe fort.

Die Fenster des Hauses waren dunkel. Nirgendwo brannte Licht. Er klingelte Sturm, niemand öffnete. Das hatte er nicht erwartet. Als er im Haus keine Anzeichen von Weihnachten entdeckte, kam Panikstimmung auf. Er lief und rutschte hinüber in die Breslauer Straße und klingelte besorgt am Haus der Schwiegermutter.

Nachdem der erste Schreck überwunden war, erfuhr er, dass seine Frau im Marienkrankenhaus in Hamburg lag. Sie hatte ihm kein Telegramm geschickt, um ihn nicht zu beunruhigen und mit der Geburt des Kindes zu überraschen. Das hatte ihm noch gefehlt. Er hasste diese Heimlichkeiten! Also auf nach Hamburg.

Den Einwand, dass man ihn um diese Zeit nicht ins Krankenhaus lassen würde, ließ er nicht gelten. Er spielte seinen seemännischen Charme aus, und vielleicht auch, weil Heiligabend war, gaben die Schwestern nach, und er konnte Frau und Sohn sehen, der keine Stunde jung war.

„Wo kommst du denn her?“, fragte sie entgeistert, wenn auch freudestrahlend.

„Ich wollte dich überraschen“, war alles, was ihm einfiel. Als er seinen Sohn sah, platzte er spontan heraus: „Bist du absolut sicher, dass sich die Schwestern nicht geirrt haben? Das Baby hat Haare wie Mecki und sieht jetzt schon uralt aus!“

Sie aber bestand darauf, das hübscheste Baby der Welt geboren zu haben. Als sie sein ungläubiges Gesicht sah, entschied sie gegen die Abmachung: „Gut, dann heißt unser Christkind nicht Stefan, sondern Thomas!"

Für ihn war klar, dass der Junge später wie er zur See fahren würde; aber das ist eine andere Geschichte …

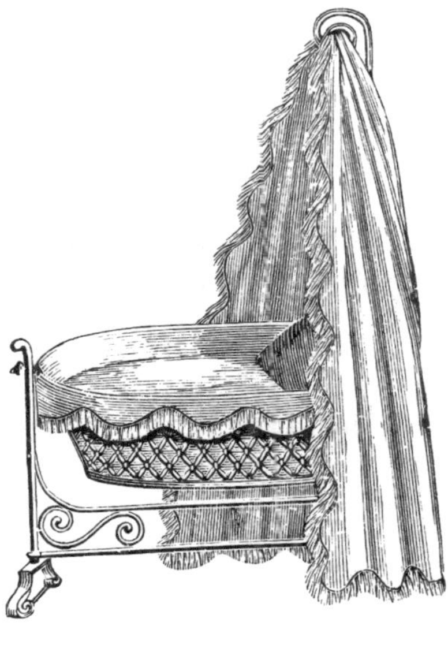

Der wundersame Weihnachtsbaum

Die bekannte Hamburger Segelschiffsreederei Wencke B. Söhne hatte im Sommer 1900 die vor neun Jahren in London gebaute Viermastbark „Vortigern“ erworben und sie auf „Hebe“ umgetauft, den Namen der Göttin der Jugend. Der Vorgang zeigt, dass der Reeder nicht abergläubisch war, denn die erste „Hebe“ war schon auf der Jungfernreise verloren gegangen.

Das neue Schiff versprach eine gute Rendite, vorausgesetzt, die Kapitäne nutzten ihre Möglichkeiten voll aus und machten provitable Reisen. Noch brachte die Salpeterfahrt von Chile zum Kontinent gute Fracht bei geringen Kosten. Auch wenn der Wind gratis weht, Segeltuch ist teuer, und der Verlust eines Stells schlägt erheblich zu Buch. Mit Hans Korff hatte der Reeder einen Kapitän mit guten Papieren verpflichtet.

In Swansea übernahm der Windjammer eine Kohlenladung für Santiago und befand sich kurz vor Weihnachten auf dem beschwerlichen Weg zum Kap der Stürme.

Längst waren die von der Sonne gebleichten leichten Passatsegel gegen feste Sturmsegel ausgetauscht worden, als die ersten Albatrosse auftauchten.

Vom bevorstehenden Weihnachten sprach nur der 14-jährige Schiffsjunge Jonas Eggert. Noch wirkte er spiddelig, aber bei guter Seeluft und harter körperlicher Arbeit würde er schnell zulegen. Und Arbeit gab es mehr als ihm lieb war. Statt weiter die Schulbank zu drücken, war er überzeugt davon, jede andere Beschäftigung leichter bewältigen zu können. Zur Erziehung des Jungen hatten viele beigetragen, jeder auf seine gut gemeinte Weise. Wenn er spät abends zerschlagen und gelegentlich verzweifelt in seiner engen Koje lag, fiel ihm sein Großvater ein, der das alles auch durchgemacht und nicht aufgegeben hatte. Noch einer war an Bord, der sich in dem Jungen mit dem offenen Blick wiedersah, der Schiffszimmermann Jan Petersen. Ein geruhsames Leben an Land konnte er sich nicht vorstellen. Schiffe, Segelschiffe waren seine Welt. Hoch gewachsen, mit Händen wie Trimmerschaufeln und einem struppigen dünnen Vollbart strahlte er jene Ruhe aus, die er für seine Arbeit brauchte. Jedes zu bearbeitende Holzstück befühlte er mit seinen Händen, drehte und wendete es, als wollte er es zum Leben erwecken. Keiner auf der „Hebe“ arbeitete langsamer, aber kaum einer sorgfältiger. Jeder Rat kam ihm gelegen, und weil jeder das Gefühl hatte, dass ihm an seiner Meinung besonders gelegen war, hatte er nur Freunde an Bord, denen er keinen Gefallen abschlagen konnte.

Seine freie Zeit verbrachte er überwiegend in der engen Foxel. Wann immer es ging, leistete ihm der Junge Gesellschaft. Da kam es schon mal vor, dass Jan Petersen seinen Arm vertraulich um dessen Schultern legte. Nebenbei lehrte er ihn, mit Säge, Hobel und Stecheisen umzugehen. Auf die Frage, warum er nicht Kapitän oder wenigstens Steuermann geworden sei, gestand er freimütig: „Es gibt Menschen, die gerne Verantwortung tragen, ich gehöre nicht dazu!“

Obwohl Jonas das nicht genau begriff, beließ er es dabei. Wenn der Zimmermann seine Pfeife stopfte und sie mit wiederkehrenden Fingerbewegungen in Gang setzte und von seinen auf See erlebten Abenteuern erzählte, lauschte der Junge aufmerksam. In den letzten Tagen aber kam er immer wieder auf Weihnachten zu sprechen und wie sie daheim Heiligabend verbracht hatten mit Hausmusik, Geschenken und einem großen, festlich geschmückten Baum. „Warum“, fragte er traurig, „haben wir nicht wenigstens einen Tannenbaum?“

Petersen bemühte sich, den Jungen zu trösten, was ihm nicht recht gelang. Ein Bäumchen musste her. Also machte er sich heimlich ans Werk. Ein Besenstiel war schnell gefunden, und unter seinen geschickten Händen verwandelte sich der Stiel mittels Tauwerk und grüner Farbe, aus Schiemannsgarn geflochtenen Ketten und Sternen zu einem bei entsprechender Beleuchtung täuschend ähnlich aussehenden Weihnachtsbäumchen.

Und dann war Heiligabend auf der schnellen „Hebe“. Die Männer der Freiwache lagen erschöpft in ihren feuchten Kojen. Im Logis stank es nach schimmelndem Leder, Ölzeug und verschmutzten Plünnen. Aus Sicherheitsgründen blieb der Ofen kalt. Ab und zu murmelte einer der Männer im Schlaf oder schlug mit den Armen um sich. Es gab keinen Weihnachtsbaum, keinen Braten, keinen Kuchen, nichts, bis auf einen vom Alten persönlich ausgeschenkten Schnaps. Jonas ging bei dieser Bescherung leer aus, denn Schiffsjungen durften weder Alkohol trinken noch rauchen, sich nicht in die Gespräche der Matrosen einmischen und hatten das Logis zu verlassen, wenn es um ausgesprochene Männerthemen ging.

Mit offenen Augen lag Jonas in seiner Koje. Er war so traurig, dass ihm das Wasser in die Augen stieg. Gut, dass keiner meine Tränen sehen kann, dachte er.

Draußen, eine Handbreit neben ihm, tobte die See. Schwerfällig legte sich die „Göttin der Jugend“ von einer auf die andere Seite. Daheim in der Nordheide würden sie um den Baum herumsitzen, die Eltern, Schwestern und Oma und Opa. Sie würden bestimmt an ihn denken. Vielleicht gab es Kaninchen- oder Entenbraten. Zu Hause hatte er sich gesträubt, die im eigenen Garten groß gewordenen Tiere zu essen. Jetzt würde er dafür dreimal über den Großtopp klettern. Keiner auf der ganzen Welt war einsamer als er und keiner trauriger.

Er fuhr zusammen, als ihn jemand am Arm rüttelte. Jan Petersen stand neben der Koje und flüsterte, um die schlafenden Matrosen nicht zu wecken:

„Komm, ich habe was für dich!“

Er ging voraus zur Foxel, öffnete behutsam das Schott, und auf der Hobelbank stand seefest gezurrt sein Weihnachtsbäumchen mit drei brennenden selbst gezogenen Kerzen.

Eine größere Freude hätte er dem Jungen kaum machen können. Seine Augen strahlten mit den brennenden Kerzen um die Wette. Am liebsten wäre er dem Schiffszimmermann um den Hals gefallen, aber das ging natürlich nicht, schließlich war er ein harter Seemann. Alles, was er stammelnd hervorbrachte, war:

„Das ist bestimmt der wundersamste Weihnachtsbaum, den es je gegeben hat.“

Die beiden, der alte Zimmermann und der Junge, standen gerührt vor dem Bäumchen und regten sich nicht, bis die Kerzen verloschen waren. Draußen heulte der Wind und sang in den Pardunen für sie die alten Weihnachtslieder. Wenn auch „Stille Nacht, heilige Nacht“ nicht dabei war, aber vielleicht sangen das die beiden, jeder für sich.

Als die Göttin der Jugend mit Salpeter beladen nach Europa zurückkehrte, war aus dem schmächtigen, hoch aufgeschossenen Jungen ein kräftiger junger Seemann geworden. Er blieb für eine weitere Reise an Bord und wurde Jungmann, später Leichtmatrose. Er wusste nun genau, was er werden wollte. Drei Jahre danach musterte er als Schiffszimmermann auf einem Hamburger Vollschiff an; aber das ist eine andere Geschichte …

Der dicke Daumen des Weihnachtsmannes

Gute Fischdampferkapitäne sind abergläubisch und laufen mit ihren Dampfern weder am Freitag aus noch am 13. und schon gar nicht, wenn der Freitag auf den 13. Monatstag fällt, und überhaupt nicht am Heiligabend. Sehr gute Fischdampferkapitäne kümmert das wenig, sie vertrauen auf ihre Nasen und den lieben Gott, in dieser Reihenfolge. So einer war Peter Damm. Er hatte eine Crew von Prozentjägern unter sich, deren Herz erst ausschlug, wenn der Auktionserlös für Kabeljau über zehntausend Mark lag, dazu 60 Fässer Tran, der bis zu sieben Mark pro Mann und Fass einbrachte, vom in England verhökerten Rogen zu schweigen.

Der Alte war ein Monarchist, ein Anhänger von Kaiser Wilhelm II., und wenn es stimmte, trug er abgelegte Unterhosen des im Exil lebenden Ex-Kaisers. Er und seine Leute wussten nur zu gut, dass sie sehr gute Preise erzielen würden, wenn sie, bis zum Stehkragen mit Fisch beladen, wieder in Cuxhaven eintreffen würden, denn die nur guten Fischdampferkapitäne blieben während der Feiertage lieber bei Muttern. Sein Kaiser-Tick hatte ihm zum Spitznamen „Wilhelm der Große“ verholfen, wohl auch, weil er im Gegensatz zu seiner Körpergröße stand. Die 1933 gebaute „Essen“ lag am Ausrüstungskai. An Deck herrschte ein irres Durcheinander, das Laien als Chaos bezeichnen würden. Während eine lange Sput das Kühleis in die vordere Fischluke spie, polterten die Bunkerkohlen an Deck und überzogen Reservenetze, Holzroller, Kurrleinen mit feinem Kohlenstaub. Nebenbei wurden Frischwasser und Proviant übernommen. Herr über dieses Wuling war Heiner Göttsche, ein junger, breitschultriger Steuermann mit einem ansehnlichen Bauch als privatem Proviantraum. Eine Seele von Mensch, treu wie Ackergold. Wenn es sich machen ließ, verwies er auf seinen Paten, einen echten Hamburger Senator. Als „Wilhelm der Große“ auf der Pier erschien, warnte er lautstark: „Datt mie keen een mer vun Buurd geiht, wi wullt glieks rut!“

Im Gegensatz zum kaisertreuen Alten zählte der Erste Steuermann eher zu den Roten, denn sein Vater gehörte zu den Meuterern der Flotte in Wilhelmshaven. Heizer war er gewesen. Wenn die beiden sich stritten, unterhielten sie dank der Lautstärke und des Repertoires die gesamte Crew des Fischdampfers. Jede Auseinandersetzung endete, als wären die beiden ein Herz und eine Seele, wenn der Steert voller Fische blinkte.

Mit halber Fahrt glitt die „Essen“ in die Elbe. Mit einem lang gezogenen Achtungston passierte der Dampfer die Hafeneinfahrt. Das nächste Kommando des Alten war kurz: „Maschin vull vorut!“ Ein leichter Südwest wehte von Backbord ein. Er war zu schwach, um die Nebelschwaden zu verscheuchen. Beim ersten Feuerschiff heulte und pingelte es wie auf dem Hamburger Weihnachtsdom. Inzwischen hatte sich der Alte umgezogen und stand in Fischermannsbüx, Isländer und Holzschlorren auf der Brücke, eine Hand fest um den Maschinentelegraphen gelegt.

Es wurde Nacht und wieder grau: Heiligabend. Die Elbmündung lag hinter ihnen. Immer noch deckte ein dichter Nebelteppich die Welt zu.

Bedingt durch das offen stehende Fenster war es im Ruderhaus ungemütlich. Aus den tief liegenden Abgründen des Heizraumes war dann und wann das Klappen einer Feuertür zu hören, das Scheppern einer Kohlenschaufel, das Raspeln eines Schnürhakens. Immer noch hielt sich Wilhelm auf der Brücke auf. Gelegentlich fielen ihm die Klüsen dicht. Drohte der Kopf auf die Schulter zu fallen, fuhr er hoch, griff automatisch zum Draht über dem Kopf, und schon preschte Dampf durch das geöffnete Ventil, und warnend brüllte die Sirene am Schornstein los.

Es wurde Nachmittag. Die Wache hatte gewechselt, nicht der Kapitän. Die Maschine lief „vull vorut“. Nebel hin, Nebel her, sie hatten keine Zeit. Weil der Alte sich nicht vom Platz rührte, begab sich der Steuermann mit der

Schlagpütz auf das Achterdeck, um dort liegenden Kohlendreck wegzuspülen.

Er hatte gerade einen Eimer Wasser auf das Deck gegossen, als voraus irrsinnig laut drohend ein Typhon losröhrte. Heiner Göttsche ließ die Schlagpütz fallen. Der am Eimer befestigte Tampen legte sich ausgerechnet über die Kette, die vom Ruder zum Quadranten am Heck führte und verhedderte sich derart, dass ein hartes Steuerbordmanöver nicht ausgeführt werden konnte.

Der Steuermann erschrak, nicht anders erging es dem eingenickten Alten auf der Brücke, der von einer Audienz bei Wilhelm II. träumte. Obwohl er nicht wusste, was los war, riss er instinktiv den Maschinenhebel auf „Voll zurück" und brüllte auf Hochdeutsch, noch vom Traum benommen, denn mit dem Kaiser konnte man nicht Plattdeutsch snaken: „Hart Steuerbord!!!"

Der Matrose am Ruder versuchte den Befehl auszuführen; aber das Rad ließ sich nur drei Speichen nach rechts drehen, dann war Schluss.

„Ruder blockiert!!"

Das war alles, was er sagen konnte. Dann war der Spuck vorbei. Zum Greifen nahe schlierte an Steuerbordseite die hohe dunkle Bordwand eines Frachters entlang, und wie der Fliegende Holländer verschwand das fremde Schiff im Nebel.

Erleichtert spuckte der Steuermann seinen Priem aus, klarierte kopfschüttelnd den Tampen aus dem Rudergeschirr und löste damit, ohne zu wissen, was er verhütet hatte, die Blockade. Leicht ließ sich das Ruder wieder nach beiden Seiten drehen. Wilhelm hatte sich vom Schrecken soweit erholt, dass seine nächsten Kommandos wie gewohnt den Erfordernissen entsprachen. Seine Entscheidung, das Ruder hart Steuerbord legen zu lassen, hätte eine Katastrophe ausgelöst, wenn das Ruder nicht blockiert gewesen wäre. Zunächst schob er sein Glück dem Wohlwollen des Klabautermanns zu, aber weil er es sich nicht leisten konnte, abergläubisch zu sein, berief er sich versehentlich auf Wilhelm II., dann aber auf Sankt Nikolaus. Nur er konnte seinen dicken Daumen im entscheidenden Augenblick zwischen die beiden Pötte gehalten haben.

Keine halbe Stunde später hatte sich der Nebel aufgelöst. Heiligabend konnte gefeiert werden mit duftendem Punsch auf der Brücke, während die „Essen“ mit aller Kraft den fetten Fischweiden entgegenstrebte. Das im entscheidenen Augenblick blockierende Ruder war verständlicherweise das alles beherrschende Thema. Steuermann Heiner Göttsche hätte das Versagen des Ruders erklären können; aber er schwieg, denn den Alten zu belehren, brachte nichts als Ärger ein.

Die Geschichte vom blockierten Ruder am Heiligabend blieb über die wechselvollen Zeiten des Fischdampfers hinaus erhalten und wurde noch erzählt, als nach dem Weltkrieg die „Essen“ zum Küstenmotorschiff „Hans Peter“ umgebaut worden war, aber das ist eine andere Geschichte …

Der misslungene Weihnachtsbraten

Das in Hamburg beheimatete Vollschiff „Nordsee“, 1893 bei Grabow in Stettin gebaut, wurde vom Tönninger Kapitän Peitsmeier geführt. Als der Windjammer im Juli des Jahres 1906 nach Chile aufbrach, befand sich neben der Ehefrau auch Klein-Erna an Bord, eine dreijährige Göre mit besten Eigenschaften, später ein vollwertiger Matrose zu werden. Obwohl sich alle redlich bemühten, in ihrer Gegenwart nicht zu fluchen, beherrschte sie bald mehr kräftige Ausdrücke in verschiedenen Landessprachen als den Eltern lieb war. Nach einem allgemein verbreiteten Seemannsglauben war es gefährlich, Geistliche, Missionare, Notare, Verbrecher und Frauen an Bord zu haben. An Land begehrt und geliebt, auf See unerwünscht! Viele Seeleute beherzigten die Erfahrungen der alten Griechen und nahmen den Spruch ernst: „Wiwerröck an Boord bringt Stried und Moord!“

Allen Unkenrufen zum Trotz verlief die Reise der „Nordsee“ fast zu normal, was auch verdächtig war. Sie vergammelten kaum Zeit in den Mallungen, und bei Kap Hoorn wehte der Wind entgegen den ungeschriebenen Gesetzen aus Osten! In den Büchern des klassischen Altertums wird mehrfach erwähnt, dass ein Sturm gestillt werden könne, wenn sich ein Weib entblöße und dem Wind ihre nackten Brüste zeige. Mit einer entsprechenden Gallionsfigur aus Holz am Bug ließen sich die Götter der Winde nur selten beschummeln.

Zwar hatte keiner der Matrosen die Frau des Alten mit nacktem Oberkörper Freikörperkultur an Deck treiben sehen; aber war das schon ein Argument? Sicher war, dass eine Gallionsfigur als Glücksbringer für diese schnelle vom Wind begünstigte Reise nicht in Betracht kam, denn an dem dafür vorgesehenen Platz fehlte ein Mädchen mit zarten oder gar üppigen nackten Brüsten.

Weihnachten wollte die Familie bei Bekannten im Land feiern. Um das leibliche Wohl seiner Leute besorgt, hatte sich der Alte nach den Essenswünschen erkundigt. Fast einstimmig hatte sich die Crew für Hammelfleisch mit Kohl entschieden.

Welch eine Delikatesse nach langer Seezeit bei Stockfisch, Dörrgemüse, madenbesetztem Salzfleisch, Hartbrot mit lebender Fleischeinlage und Hülsenfrüchten. Verständnisvoll nickte der Alte, kaufte, die angeborene Sparsamkeit überwindend, einen fetten Hammel und frischen Kohl, wünschte den Leuten frohe Weihnachtstage und verschwand eilig mit Frau und Kind an Land.

Auf der vor Anker schwojenden „Nordsee“ ruhte die Arbeit. Auf der Vorderluke spielte die bordeigene Kapelle, und die Gespräche verliefen ohne weibliche Zuhörer etwas freier. Alle freuten sich auf den bevorstehenden köstlichen Weihnachtsschmaus. Als Vertreter des Kapitäns ließ der Erste Steuermann Haupthoff leider die Zügel schleifen. Die Folge war, dass der ewig schmierig grinsende Smutje vorübergehend in den Besitz von zwei Flaschen hochprozentigem Genever gelangt war, vorübergehend, weil er beide Glas für Glas leerte, derweilen Hammel und Kohl vereint auf dem Herd schmorten. Entschieden zu lange, wie der Steuermann feststellen musste, als er durch den Geruch angelockt den Deckel vom Kochtopf lüftete. Die verkohlte Masse überließ Haupthoff den Außenbordkameraden. Statt Hammelfleisch mit Kohl satt gab es Bohnen mit Speckschwarten. Da blieben den verärgerten Jantjes die Weihnachtslieder buchstäblich im Halse stecken. Wenn der Koch nicht außer Betrieb gewesen wäre, sie hätten ihn möglicherweise über Bord den Haien vorgeworfen.

Gut gelaunt kehrte nach den Festtagen die Kapitänsfamilie auf das Vollschiff zurück. Statt eine zufriedene Crew mit dankbaren Gesichtern anzutreffen, sah der Alte nur mürrische Mienen. Im Namen der Besatzung plädierte der Steuermann für dreimaliges Kielholen des Smutjes, der sich ängstlich in der Kombüse verschanzt hatte. Strafe musste sein, andererseits musste der Koch auch vor den rachelüsternden Matrosen geschützt werden, und so bot der Kapitän ihm an zu wählen: zwischen einer Abreibung von der Mannschaft oder einer Tracht Prügel von ihm. Der feige Koch entschied sich gegen die Crew, was diese ihm nie verzieh.

Der Vollzug fand in der totalen Aussperrung von Zeugen in der Kapitänskajüte statt. Selbst Klein-Erna wurde aus dem Achterschiff verbannt. Die am Ruder lauschenden Posten hörten zwar vereinzelt dumpfe Schläge und auch den Smutje brüllen; aber überzeugend war das Strafgericht nicht. Der Kapitän glaubte, Recht und Ordnung auf seinem Segler wieder hergestellt zu haben. Er irrte, nun schoben die Matrosen die Schuld am misslungenen Weihnachtsbraten der Kapitänsfrau in die Puschen. Sie sahen ihr Vorurteil bestätigt, dass alles, was nicht im Stehen über die Reling pinkeln kann, an Bord nichts zu suchen hat. Ohne Frau wäre der Alte an Bord geblieben, und nie im Leben hätte sich der Smutje besoffen!

Zum Glück waren die Männer mit den schwieligen Händen vor dem Mast nicht nachtragend. Das beweist die folgende Geschichte …

Das Weihnachtsgeschenk für die Kapitänsfrau

Einige Besatzungsmitglieder des Vollschiffes „Nordsee" hatten sich mit der Anwesenheit der Frau des Kapitäns an Bord abgefunden, andere hatten die Nase von der Weiberherrschaft voll gehabt und waren abgemustert. Sie wollten keinen Rock mehr sehen, jedenfalls nicht auf einem Segelschiff. Gewiss, der Windjammer hatte unter Führung des Tönninger Kapitäns eine flotte Reise gemacht und nur wenige Segel eingebüßt, aber das konnte Zufall gewesen sein. Als Glücksbringer sahen die Matrosen eher die vierjährige Tochter an. Der Segelmacher hatte Erna eine bequeme Latzhose aus bestem Segeltuch genäht. So und mit einem Hemd bekleidet, turnte sie an Deck herum. Sie lernte spielend sämtliche Segelkommandos und wiederholte sie mit in die Seiten gestemmten Händen wie ein Echo.

Von Hamburg aus lief das Vollschiff beladen mit Stückgut erneut nach Chile. Waren, made in Germany, standen dort hoch im Kurs. Besonders gefragt waren Leinen aus Bielefeld und Porzellan aus Meißen. Trotz der Ehefrau an Bord verlief die Reise problemlos. Sie rundeten Kap Horn bei bestem Mützenwetter, und es gab keinen an Bord, der sich erinnern konnte, jemals weniger schlechtes Wetter auf einer so langen Fahrt gehabt zu haben. Unverdächtig war das nicht.

Wie es kam, dass eine der Porzellankisten in Valparaiso im Laderaum übersehen werden konnte, war allen Beteiligten ein Rätsel. Sie sahen sich plötzlich im Besitz eines wunderschönen Kaffeeservices und wussten absolut nichts damit anzufangen. Also verstauten sie die Kiste seefest und vergaßen sie zunächst.

Mit der Order, Weizen in Portland im Staate Oregon zu laden, segelte die „Nordsee" Mitte Dezember des Jahres 1907 nordwärts. Ein steter leichter Wind zog das Vollschiff, nur wenige Segelmanöver waren notwendig; in schöner Regelmäßigkeit flaute in den Abendstunden der Wind ab und ging mit der Freiwache schlafen. Das schöne

Wetter brachte es mit sich, dass die Leute bis spät in die Nacht hinein auf der Großluke saßen, sich unterhielten, Musik auf selbst gebastelten Instrumenten machten und den bordeigenen Liederschatz absangen. Eine friedliche Welt! Inmitten der Männer mit den harten Händen saß Erna und sang kräftig mit feiner Stimme mit, gefühlsbetonte Shantys, Heimat- und Küchenlieder und der Jahreszeit entsprechend seit einigen Tagen auch Weihnachtslieder.

In diesem Jahr konnte die Familie nicht von Bord flüchten und das Fest an Land feiern. Es gab zwar leider keinen Hammelbraten, aber dafür das übliche sonntägliche Windjammeressen ohne brenzlichen Beigeschmack. Erna heulte jämmerlich, denn sie hatte mit dem Borstenvieh enge Freundschaft geschlossen, das auf Anweisung des Alten vom Steuermann geschlachtet worden war.

Im Logis stand die künstlerische Version eines Weihnachtsbaumes. Zur Bescherung hatten die Jantjes die Achtergäste eingeladen, ein unübliches Verfahren, aber nicht ohne Hintergedanken. Geben und nehmen sind die zwei Seiten einer Medaille. Sie hatten sich nicht getäuscht, Kapitän und Frau brachten Rum, Tabak und Zigarren mit. Erna allerdings hatte in der Kapitänskajüte bleiben müssen, ihr war das Betreten der beiden Matrosenunterkünfte streng untersagt.

Das Geschenk an die Frau des Kapitäns stand auf der Back, noch im Originalkarton. Ernst Siedel sollte die passenden Worte dazu sagen, aber als er so dastand und verlegen auf den Karton wies, fielen ihm keine passenden Redewendungen ein. So blieb es bei dem Hinweis:

„Von uns!“

Mehr hätte er freilich auch nicht sagen können, denn der Alte lief puterrot im Gesicht an und tobte: „Verdammte Kerls, dat hebt ji ut de Lodung klaut!“

Es war das auf höchst wundersame Weise im Laderaum zurückgebliebene Kaffeeservice. Beleidigt protestierten die biederen Jantjes gegen diese Unterstellung. Wäre es ein volles, selbst halb gefülltes Rumfass gewesen, eine Kiste amerikanisches Büchsenfleisch, selbst Tabak hätte man verwerten können; aber was sollten sie mit dünnen Kaffeetassen aus feinstem Porzellan?

Else Peitsmeier freute sich über das Geschenk, denn beim letzten Sturm hatte sie nicht rechtzeitig alle Teller und Tassen in Sicherheit bringen können.

Was blieb dem Alten übrig, als verstohlen zu schmunzeln, schließlich war Heiligabend.

Nach Absingen zweier Weihnachtslieder zog sich das Ehepaar in die Kapitänskajüte zurück. Der Freiwache blieben noch knappe zwei Stunden, bevor sie an Deck musste.

In Portland angekommen, setzten ein paar Matrosen ihre Abmusterung mit Hilfe der einheimischen Justiz vor dem deutschen Konsul durch. Es hatte mit der Anwesenheit eines Unterrockes an Bord zu tun; aber das ist eine andere Geschichte …

Der salzwassergetaufte Weihnachtsbaum

Es dunkelte schon, als ein Bus die 30-köpfige Besatzung des Seitenfängers „Ahrensburg“ an Bord brachte, meist eingeborene Oldenburger und eingewanderte Ostfriesen. Vor den Männern mit den aufgerissenen Händen lag die Hoffnung auf Fischermannsglück, hinter ihnen die Erinnerung an viel zu schnell verlebte Tage, von den teuren Nächten ganz zu schweigen. Nach einer letzten eingelegten Bauernnacht zwecks Ausnüchterung verließ der Fischdampfer wenige Tage vor Weihnachten Cuxhaven. Vom Steubenhöft grüßte ein lichtergeschmückter Tannenbaum vorüberziehende Schiffe.

Der bullige Alte auf der Brücke warf mit zerknittertem Gesicht einen raschen Blick hinüber zur Signalstelle. Er nahm die Starkwindgefahr wahr, ohne sich jedoch dazu zu äußern. In dieser Jahreszeit hätten ihn vielleicht sommerliche Temperaturen zu einem kurzen Kommentar verleitet, sicher aber ist auch das nicht, denn der Kapitän bekam die Zähne nicht auseinander.

Auf dem Weg zu den Fanggründen torkelte der leere Fischdampfer wie eine besoffene Flunder durch die grobe See. Davon unbeeindruckt droschen Unentwegte Skat und lutschten Buddelbier, als hinge ihr Seelenheil davon ab. Liebend gern hätte der Alte die Spielkarten über Bord geworfen, denn für das schlechte Wetter kam des „Teufels Gebetbuch“ mit seinen 32 Seiten in Betracht. Zu seinem Leidwesen hielten das einige seiner Leute für Aberglauben. Um seine Meinung bestätigt zu sehen, genügte ein Blick hinaus in eine unwirkliche Welt. In den Lichtarmen der Deckscheinwerfer rasten dichte Schneeböen in kurzen Abständen über das Schiff. Gegen die aufgetürmten Seen boxte sich die „Ahrensburg“ viel zu langsam vorwärts. Und vor der eisigen, sturmumtobten Küste Westgrönlands sah es nach den aufgefangenen Wetterberichten nicht besser aus. Eine schöne Weihnachtsreise!

Der fast 60-jährige Kapitän, und er fühlte sich kein Jahr jünger, hatte in seinem Altenbrucher Häuschen erwogen, sich krankzumelden, um Weihnachten zu Hause verbringen zu können. Kind, Weib und Kegel hatten ihm eifrig zugeredet; aber über den Gedanken war er nicht hinausgekommen. Nun bereute er, was ihn noch ungesprächiger machte, als er eh war.

Einen Tag später meldete sich über Funksprech sein Kollege von der „Nordenham“ mit einer wichtigen Nachricht. Er hatte den von der „Ahrensburg“ in Cuxhaven vergessenen Weihnachtsbaum an Bord und wollte ihn loswerden. Anordnung von oben. An so einen Schietkrom dachten die Leute der Reederei, aber nicht, seine Fangprämie zu erhöhen. Als der Kollege weiter auf ihn einredete, gab er den Hörer an seinen Steuermann weiter.

Kurz vor Mittag lagen beide Fischdampfer auf Rufweite zusammen. Näher heranzugehen ließ die grobe See nicht zu. Die „Ahrensburg“ setzte ein Schlauchboot aus, das zwar wie im Fahrstuhl auf und ab fuhr, aber relativ rasch auf die „Nordenham“ zutrieb. Von Deck aus warfen zwei Leute den vergessenen Baum ins Boot. Weil das sperrige Stück die Paddler behinderte, befestigten sie einen Tampen am Baum und schleppten ihn hinterher. Der Anhang bremste die Fahrt des Schlauchbootes in der aufgewühlten See; aber Aufgeben kam für die Männer nicht in Frage. Der Baum musste an Bord. Am liebsten hätte der Alte das Spektakel abgebrochen; aber dazu war es zu spät. So verschwand er mundfaul ohne Erklärung von der Brücke und legte sich in seiner Kajüte auf das Sofa. Warum nur hatte er sich nicht krankgemeldet, einmal in fünf Jahren? Damals hatte er sich ein Bein an Bord gebrochen und war ins Krankenhaus geflogen worden; aber krank war krank, und nur das zählte.

Er kam erst wieder auf die Brücke, als er am Maschinengeräusch hörte, dass die „Ahrensburg“ volle Kraft lief, das Manöver abgeschlossen war.

Am Heiligabend versammelte sich das wachfreie Personal in der Messe. Die See hatte ein Einsehen und wollte nicht als Spielverderber gelten. In der leichten Dünung schaukelte der Fischdampfer sachte wie eine Möwe auf der Alster. Im ganzen Achterschiff roch es nach Äpfeln und Lebkuchen, nach Marzipan und Rum. Auf der Back standen die großen, dampfenden Groggläser, die alsbald die Zungen lockerten. Erinnerungen wurden ausgetauscht wie Kleingeld. Ausnahmsweise hatte der Smutje keinen leckeren Fisch zubereitet, sondern die in Cuxhaven vom Proviánthändler gelieferten Gänse. Der Abend zog sich bis spät in die Nacht hinein, mit einem Weihnachtsbaum, der schwach beleuchtet aussah, als läge ein Hauch von Reif auf allen Ästen und Nadeln. Keiner hatte daran gedacht, den salzwassergebadeten Baum mit Frischwasser abzuspülen. Nach dem Trocknen im überheizten Raum glitzerten nun die Salzkristalle und machten ein Schmücken des Baumes nicht notwendig. In der Messe der „Ahrensburg" stand seefest gezurrt ein weißer Tannenbaum, und begeistert sangen die Männer mit den rauhen Stimmen: „Du grünst nicht nur zur Sommerzeit, nein auch im Winter, wenn es schneit …" Alles, was dem Alten einfiel, als er den merkwürdigen Weihnachtsbaum begutachtete, war:

„Man lernt nie aus!"

Trotz dieser Erkenntnis nahm er sich vor, die nächsten Weihnachten an Land zu bleiben, wo eh die besten Kapitäne zu finden sind; aber das ist eine andere Geschichte …

Der Hafenmeister und die Heiligen Drei Könige

Der in Itzehoe beheimatete Ewer „Möwe“ hatte gegen aufkommenden Starkwind anknüppeln müssen, um noch bei Tageslicht am Heiligen Abend fest vertäut am Bollwerk in Tönning zu liegen; aber sie hatten es geschafft. Für den grantigen Schiffer Martin Nicolaus Fischer aus Wilster sollte es im Jahr 1913 die letzte Reise sein. Sobald die Ladung gelöscht war, wollte er den Ewer winterfest bis zum eisfreien Frühling auflegen. Er und sein treuer Bestmann mussten sich sputen, um abends die Füße unter den eigenen Tisch ausstrecken zu können. Der Hafenmeister versprach, ein wachsames Auge auf die „Möwe“ zu werfen. Mühe bereitete das nicht, er brauchte nur gelegentlich aus dem Fenster zu schauen.

Vor dem Schlafengehen spazierte er gewohnheitsgemäß am Kai entlang; aber alles war in Ordnung, wie es sich in seinem Hafen gehörte. Daheim angekommen, streifte er die Stiefel von den kalt gewordenen Füßen und hängte seinen schweren Mantel an den dafür bestimmten Haken griffbereit neben der Haustür.

„Alles im Leben muss einen festen Platz haben“, war eine seiner Weisheiten. Der Duft von Tannennadeln und Wachslichtern hing in der guten Stube unter der niedrigen Decke. Draußen fielen die ersten dicken Flocken. Ihn überkam eine wohlige Müdigkeit, denn es war ein langer Tag gewesen. Vielleicht lag es auch an den sehr nördlich gehaltenen Grogs, die er als amtlicher Hafenmeister zu sich hatte nehmen müssen. Als die Gemeinde dem stellungslosen Schiffer den Posten angeboten hatte, fühlte sich der Junggeselle zu alt, um noch auf Brautschau zu gehen. „Alles im Leben hat seine Zeit“ war auch so ein Kalenderspruch, den er sich zu Herzen nahm.

Wie ein Wiegenlied tönte das Klatschen des Wassers gegen den Kai. Er hörte noch die Glocken der Kirche, dann war er auf dem Sofa eingeschlafen.

Etwas Unerklärbares schreckte ihn gegen Morgen auf. Benommen vom tiefen Schlaf tastete er sich zum Fenster und zog den Vorhang zur Seite. Es war windstill. Über den Masten der im Hafen angebundenen Schiffe funkelten Milliarden Sterne. Als er so dastand und zu der einsamen „Möwe“ blickte, entdeckte er drei Gestalten am Bollwerk. Er wollte das Doppelfenster öffnen, aber seine Hände rührten sich nicht. Die drei Verdächtigen erinnerten ihn an einen biblischen Holzschnitt aus seinem christlichen Kalender, mit dem ihn der Pastor versorgte. Zwei trugen wallende Mäntel und Krummstöcke in den Händen. Statt Mützen zierten kronenähnliche Gebilde aus Licht und Gold ihre Köpfe. Hinter ihnen schritt ein prächtig gekleideter kohlrabenschwarzer Herr. Vor dem Ewer blieben sie stehen und – schauten sich aufmerksam um. Unwillkürlich trat der Hafenmeister einen Schritt zurück. Als er sicher glaubte, unbemerkt geblieben zu sein, kehrte er auf seinen Beobachtungsplatz zurück. Er kam rechtzeitig, um einen Stern zu sehen, der wie eine Schnuppe leuchtend vom Himmel fiel.

Als die Männer nacheinander und vorsichtig den Ewer betraten, wollte der Hafenmeister sie aufhalten; aber er rührte sich auch nicht vom Fleck, als die Fremden das Beiboot am Heck lösten.

Vom nahen Kirchturm hallten vier Schläge durch die kalte Winternacht. Plötzlich waren die sonderbaren Gestalten verschwunden. Er konnte sie nicht sehen, hörte jedoch langsam und leiser werdende Riemenschläge.

Benommen entkleidete sich der Hafenmeister. Er wollte ins Bett. Das eben Erlebte hielt er für einen bösen Traum und er nahm sich vor, im neuen Jahr den Alkoholkonsum drastisch einzuschränken, wobei ihm der Spruch „Es gibt kleine Sünder, aber keine kleinen Sünden“ helfen sollte.

Als er vormittags erwachte, schien ihm das Erlebnis in der Nacht so unwirklich, dass er es beiseite schob. Vom beschlagenen Fenster aus sah seine kleine Welt, der Hafen, friedlich aus wie immer. Die „Möwe“ lag an ihrem Platz, eine feine, nicht tiefe Schneedecke hatte die Umwelt verzaubert. Schlittengeläut hing in der Luft, und hinter dem

Haus balgten sich zwei Hunde. Er frühstückte und nahm sich Zeit dabei, murmelte etwas, das klang wie „blinder Eifer schadet nur". Entsprechend der Jahreszeit zog er sich an, bevor er vor das Haus trat und sich seine Pfeife ansteckte. Dunkel und farblos lag das Wasser des Hafens da wie ein blind gewordener Spiegel. Wie immer spuckte er aus, bevor er den Rundgang aufnahm. Verständlicherweise führte ihn der Weg zuerst zum Ewer. Er trat mit dem Fuß kräftig gegen die Vorderleine der „Möwe" und suchte vergeblich nach Fußspuren im Schnee auf dem Bollwerk. Und geschneit hatte es abends, das war sicher!

Es wird der Rum gewesen sein, nahm er an und setzte, nein, er wollte den Weg fortsetzen, denn das Beiboot der „Möwe" fehlte, das gestern Abend noch am Heck des Ewers befestigt gewesen war. Das wusste er nur zu genau. Um es vorwegzunehmen, das Beiboot der „Möwe" fand sich nicht wieder an, so sehr auch der Hafenmeister zusammen mit dem Gendarmen danach suchte, es blieb verschwunden. Und keiner außer ihm hatte in der bewussten Nacht Fremde am Hafen gesehen und einen Schwarzen schon gar nicht!

Natürlich gab sich Martin Nicolaus Fischer mit der Erklärung des Hafenmeisters nicht zufrieden, dass „weg ist weg"; aber das ist eine andere Geschichte …

Ein Lied klang durch die Nacht

Im Sommer 1896 musterte der aus Meißen in Sachsen ausgebüxte Gymnasiast Ernst O. Brasch als Moses auf dem Hamburger Vollschiff „Charles Dickens" an. Dickens war ihm vertraut, die Seefahrt kannte er ebenfalls nur aus Büchern. Um die Bahnfahrt nach Hamburg bezahlen zu können, hatte er seine gut erhaltenen, weil nicht sonderlich beanspruchten Schulbücher verkauft. Für die erste Nacht im fremden Bett reichten 50 Pfennige, die zweite schon musste er unter Büschen in einem Vorgarten an der Elbchaussee verbringen. Sein Notgeld hatte er, mutlos geworden, in einen telegrafischen Hilferuf nach Hause investiert. Müde und hungrig schleppte er sich zum Zentralpostamt. Statt erhofftes Geld traf der Rat ein, sich an einen Lotsen in Blankenese zu wenden, der ihm zur Heuer auf dem Segelschiff der Reederei Sloman verholfen hatte.

Die erste Seereise führte den Jungen nach Chile. Zunächst musste er die Kammern der Offiziere in Ordnung halten und für das Wohl der Achterschiffsgäste sorgen, was ihm gegen den Strich ging. Er wollte wie ein richtiger Matrose vor dem Mast hausen. So zerbrach er mehr Geschirr als notwendig, klaute als Nichtraucher dem Kapitän Zigarren; aber alles, was er erhielt, waren ein paar Schläge hinter die Ohren und die Drohung, das zerbrochene Porzellan am Ende der Reise bezahlen zu müssen.

So hatte er sich die christliche Seefahrt nicht vorgestellt, davon stand nichts in seinen Büchern. Andererseits faszinierte ihn das Leben an Bord. Allein das Setzen der Segel war wie das Anlegen eines Festkleides. Erst wurden die Mars-, dann die mächtigen Untersegel freigegeben. Um alle Hände für diese Manöver freizubekommen, übernahm der Kapitän selbst das Ruder. Auf seinem roten bärtigen Gesicht spiegelte sich die Freude, als er den Druck des Windes in den Segeln seines Schiffes spürte, wie es zitterte und zu laufen begann. Als auch die leichten Segel gesetzt waren, übergab der Kapitän das Ruder wieder einem der

Matrosen. Bei einer frischen Nordostbrise glitt das Vollschiff in das offene Wasser der Irischen See.

Der aufgeweckte Junge aus tiefstem Binnenland begriff schnell die gewachsenen Regeln der kleinen Bordgemeinschaft. Bislang war er kein Held gewesen. Er hatte tapfer alle Kinderkrankheiten durchgemacht und war bei jeder leichten Halsentzündung ins Bett gesteckt worden, bedauert, gehegt und gepflegt. Das gehörte nun der Vergangenheit an.

Kap Hoorn wurde bezwungen. Der Sturm hatte nach Südwesten ausgeholt und erlaubte dem Kapitän, Kurs direkt auf den Hafen Tantal abzusetzen. Obwohl nur noch zwei Tage bis Heiligabend fehlten, konnte Ernst Otto keinerlei weihnachtliche Vorbereitungen erkennen. Als auch am nächsten Tag keine Anstalten getroffen wurden, erkundigte er sich beim Koch, seinem Landsmann, wie es denn wäre auf der „Charles Dickens" mit Lebkuchen, Striezel und Plätzchen? Der Smutje fühlte sich auf den Arm genommen und schubste ihn mitsamt der Kaffeekanne aus der Kombüse hinaus an Deck. Über zehn Jahre fuhr er nun zur See, aber das war ihm noch nicht passiert!

„Aber morgen ist doch Heiligabend", meuterte der Moses und trat ärgerlich mit dem Fuß gegen das Kombüsenschott. An Weihnachten hatte der Koch überhaupt noch nicht gedacht. Das brauchte er auch nicht, denn am Speiseplan würde sich angesichts eines leeren Proviantraumes nichts ändern. Barscher als er wollte schimpfte er vor sich hin: „Es gibt keinen Kuchen, keinen Braten, es gibt überhaupt kein Weihnachten auf diesem verdammten Schip; aber wenn du willst, kannst' einen Extraschlag Graupen kriegen, und nun heul und jammer nicht!"

Der Koch hat gut reden, dachte der Junge. Kein Weihnachtsbaum, kein Kuchen, kein bunter Teller, und das bei der christlichen Seefahrt, und gesungen wird bestimmt auch nicht. Sein Zustand verschlechterte sich noch, weil die anderen bester Laune waren. Mit prall gesetzten Segeln machte die „Charles Dickens" flotte Fahrt, aber das interessierte ihn nicht sonderlich. Ihm ging es schlechter als

Oliver Twist, der seiner Erinnerung nach auch kein richtiges Weihnachten gefeiert hatte, und das konnte nur an Charles Dickens gelegen haben.

Ernst Otto wagte nicht, den Kapitän auf Weihnachten anzusprechen, der auf Leeseite im Schutz des Kartenhauses zufrieden seine Pfeife rauchte. Er ahnte nicht, dass der Koch mit dem Alten über ihn gesprochen hatte. Einen Christbaum konnte der Kapitän nicht herbeizaubern, auch keine braunen Kuchen und Nüsse, wohl aber ein Geschenk ganz besonderer Art.

Als Ernst Otto Brasch kurz vor Wachwechsel den Tisch in der Kapitänskajüte decken wollte, unterbrach ihn der Alte:

„In diesem Jahr fällt das Weihnachtsfest aus, weil aber heute Heiligabend ist, kannst du ins Matrosenlogis umziehen. Melde dich beim Großen auf Wache!“

Der völlig überraschte Junge strahlte über das ganze Gesicht, er ließ alles liegen, zog sich um und meldete sich beim Ersten Steuermann. Der wusste Bescheid und stellte ihn ans Ruder. Zusammen mit seinem Kumpel Peter hielt er den Windjammer auf Kurs. Über seinem Kopf dreitausend Quadratmeter Leinwand, darüber unzählige Sterne auf dunklem Samt. Die beiden Freunde sahen sich kurz an und sangen übermütig:

„O Tannenbaum, o Tannenbaum, wie grün sind deine Blätter …“ so laut, dass es der Koch und der Kapitän in den Kajüten hörten. Er erinnerte sich an seine Schiffsjungenzeit, aber das ist eine andere Geschichte …

Standortbestimmung

Wenn dickes Festeis den Schiffsverkehr in der Ostsee lahm zu legen drohte, wurden die kleinen Dampfer in den Winterhäfen aufgelegt. So hatten es schon die hanseatischen Kaufherren mit ihren Koggen gehalten, und die Kontobücher jener Jahre verrieten, dass sich über das Jahr gerechnet alles ausglich.

So war es wohl auch im Dezember des Jahres 1925 geplant gewesen, als die Stettiner Reederei Retzlaff ihren Dampfer „Sigrune" hinter den Hakenterrassen festmachen ließ. Bis auf Kapitän und Maschinist erhielt keiner der Besatzung die Zusage, mit Ende der Winterzeit wieder eingestellt zu werden.

An Bord blieb nur der 60-jährige Steuermann Hermann Scharein, ein klein gewachsener, breitschultriger Ostpreuße mit schütterem grauem Haar und buschigen Augenbrauen. Wie kein Zweiter kannte er den 1905 in England gebauten Dampfer. Kapitäne kamen und gingen, Hermann blieb wie die Schaben in der Kombüse.

Zufällig hatte er gehört, wie der Alte zum Maschinisten sagte: „Mit Retzlaff steht es nicht gut!" Hermann wusste, was das bedeutete, und zum ersten Mal machte sich der Junggeselle Sorgen um die Zukunft. Vor zehn Jahren hatte ihm eine Frau den Kopf verdreht; aber Anna wollte auf den Oberbootsmann der Kaiserlichen Marine nicht warten und heiratete einen Zivilisten, einen Wirt. Gelgentlich dachte er noch an sie.

Obwohl ihm seit dieser Zeit Weihnachten zuwider war, rappelte er sich auf, um noch einige Besorgungen an Land zu machen. In der Lindenstraße begann der Weihnachtsmarkt. Die bunten Buden standen weit hinauf bis in die Friedrichstraße. Hätte Hermann nicht ein junges Herz bewahrt, wäre er dem Trubel ausgewichen. Stattdessen schlenderte er vorbei an den sich drehenden Windrädern, den an Spiralen tanzenden Fellklumpen mit ihren hölzernen Affengesichtern, den tanzenden Kreiseln, Peitschen, Pfeifen, Trommeln und Trompeten. In seiner Nase staute sich der Geruch von Zuckernüssen, gebrannten Mandeln, Königsberger Marzipan, weiß gepudertem Steinpflaster und mit Schokolade überzogenen Bomben. Wenn es gar zu aufregend war, spuckte Hermann ungeniert ein Stück seines Priems gezielt zwischen die Buden. Er überlegte lange, ob er für ein Dittchen dunkelbraune Kräuterbonbons kaufen sollte, die jeden Todkranken heilten, vielleicht sogar sein ihn plagendes Rheuma, als er von einem überdimensionalen Pfefferkuchenherz abgelenkt wurde. Schmunzelnd las er halblaut: „Wie die Birne am Spalier, so hängt mein Herz an Dir!"

Er sah auf und in Annas blaue Augen.

Kein Zweifel, es war seine Anna! Ihr rundes bäuerliches Gesicht, von der Kälte leicht gerötet, der Dutt im Nacken, die ungebändigte Locke über dem rechten Ohr, das schief auf dem Kopf sitzende Hütchen.

Als hätten sie sich nie getrennt, lachten sie Hände haltend zwischen den Buden in der Gasse, ließen sich schubsen und waren verlegen, als die erste Gesprächspause eintrat. Inzwischen wusste er, dass sie als Witwe die Kneipe „Zum Nordstern" führte, die bis in die Abendstunden geöffnet hatte. Vom Hörensagen kannte er das Lokal. Der Name war es, der ihn vom Besuch abgehalten hatte.

Anna, impulsiv wie einst und immer noch, puffte ihn in die Seite: „Deinen Sextanten habe ich noch. Warum kommst' nicht vorbei und holst ihn dir?"

Er erinnerte sich nur zu gut an das nautische Messgerät zur Standortbestimmung auf See. Allein der Mahagonikasten war eine Augenweide. Er hatte ihn bei ihr abgestellt und behauptet: „Ein Seemann braucht einen sicheren Standort, um nach Hause zu kommen!"

Bevor er vielleicht ablehnen konnte, hatte sich Anna umgedreht und war in der schiebenden Menge untergetaucht. Auf dem Weg zurück zu seinem Dampfer fiel Hermann der Heiligabend des Jahres 1916 ein.

Was war das für ein Jahr gewesen!

Als Ausguck auf „U-66" hatte er in der Irischen See die dünne Rauchfahne eines einsam dahinziehenden Dampfers entdeckt und Alarm geschlagen. Doch der Kommandant, Freiherr von Bothmer, ließ nicht tauchen, sondern die Kanone besetzen und forderte den Fremden auf, sofort zu stoppen. Es war der englische Dampfer „Livingstone“ auf dem Weg nach Liverpool, beladen mit Butter und Eiern aus Irland, zu schade, versenkt zu werden. Mit ihm als Prisenoffizier wurde der Dampfer rund um Schottland auf die gefährliche Reise nach Cuxhaven geschickt.

Vielleicht lag es am Weihnachtsfest, dass die Bewohner unaufmerksam waren, vielleicht auch an ihm, dem aufgefallen war, dass der Rudergänger mit einem Magneten in der Hosentasche den Kompass beeinflusst hatte und sie nicht in der Einmündung, sondern bestenfalls in Norwegen gelandet wären. Hermann war nach seiner Heldentat Oberbootsmann geworden, und der Flottillenchef hatte ihm außerdem das Eiserne Kreuz an die Brust geheftet. Zur Erinnerung hatte Hermann heimlich den Sextanten der „Livingstone“ mitgehen lassen, die bald darauf „Sigrune“ hieß und für Retzlaff fuhr.

„Nordstern“ hieß also Annas Kneipe. Das konnte kein Zufall sein. Als er noch nächtlich von ihr träumte, hatten sie vereinbart, zu einer bestimmten Zeit aneinander zu denken und Grüße über den Nordstern auf die Reise zu schicken.

Automatisch suchten seine Augen den Himmel ab. Er fand den Großen Wagen, verlängerte das Zwischenstück der hinteren Achse um das Fünffache und saugte sich am Nordstern fest. Hermann kannte sich in der Bibel nicht gut aus, aber schließlich hatte ein Stern die Drei aus dem Morgenland auch ans Ziel geführt. Retzlaff kam nicht wieder auf die Beine, die „Sigrune“ wurde nach Italien verkauft, aber das ist eine ganz andere Geschichte …

Ringelnatz' Weihnachtsfeiern zwischen Wunsch und Wirklichkeit

Als der geistige Vater des unsterblich gewordenen Literatur-Seemanns Kuttel Daddeldu noch Hans Bötticher hieß und nicht Joachim Ringelnatz, hatte er nach einer mehrmonatigen Seereise vom kleinen Schoner „Elli" in Liverpool abgemustert. Ein Verbleiben auf dem Segelschiff war für den gutmütigen, dem Alkohol nicht abgeneigten Kapitän nicht zumutbar gewesen, denn dem schon 18-jährigen Schiffsjungen war es schwer gefallen, sich der allgemein gültigen Schiffsdisziplin zu fügen. Er desertierte in Belize, wurde von der Polizei aufgegriffen und zurück an Bord gebracht, was die Situation zusätzlich belastete. Der Schiffsjunge kehrte nach Hamburg zurück in der Hoffnung, dort schneller eine neue Chance zu finden, am liebsten auf der Fünfmastbark „Potosi" der Reederei Ferdinand Laeisz.

In seiner Ballade von der „Weihnachtsfeier des Seemanns Kuttel Daddeldu" hat die „Springburn" am Petersenkai festgemacht. In Wahrheit war es der englische Tourendampfer „Lutetia", und Hans Bötticher erhielt keine Heuer, sondern musste die Überfahrt abarbeiten als Aufwäscher und Kohlentrimmer. Anders als Kuttel Daddeldu hatte Hans Bötticher keine Taschen voller englischer Pfund in Gold und auch keine chinesischen Tassen für seine Braut mitgebracht, von Kolibris ganz zu schweigen. Zunächst fand er Quartier in der „Herberge zur Heimat", einem Obdachlosenheim für an Land liegende Seeleute. Noch vor dem vierten Advent war der junge Seemann arm wie eine Kirchenmaus im Hamburger Dom. Nun schlief er hungernd unter den Brücken der Stadt. Während sein Kuttel Daddeldu im Gasthaus des Königs von Schweden die Gäste freihielt und jedem eine chinesische Tasse schenkte, dem Wirt sechs Kolibris, lungerte der spätere Dichter an der Küste herum und strich voller Sehnsucht durch die Mattentwiete. Dort brannten Kerzen im Fenster. Über diese Stunden schrieb er später: „Und während ich durch die erleuchteten Fenster der Hamburger Patrizier Lichterbäume sah und Weihnachtslieder vernahm, hegte ich so etwas wie leise Hoffnung, dass man mich beobachten könnte und dass plötzlich jemand aus einem dieser Häuser herauseilen und zu mir sagen würde: „Kommen Sie zu uns herein, junger Mann, und essen Sie sich erst einmal ordentlich satt!“

Es war also nichts mit der Weihnachtsfeier im König von Schweden, wo die See hochging, das Leben pulsierte. Nur die Nacht mag wie im Gedicht geendet haben: mit einem schlafenden Hans Bötticher vor einer Aborttür im Pavillon in der Mattentwiete: „Es dämmerte langsam. Die ersten Kunden kamen und stolperten über den schlafenden Daddeldu.“

Wenige Tage später, am 30. Dezember 1901, erhielt der junge Seemann einen Heuerschein für den in Bremen liegenden Dampfer „Florida“, und er war glücklich, in der Küche arbeiten zu können. Andere Schiffe folgten. Als die große „Columbia“ der Hamburg-Amerika-Linie am 1. November 1902 in Hamburg aufgelegt wurde, musste auch der Leichtmatrose Hans Bötticher von Bord. Noch vor Weihnachten musterte er auf dem 1900 gebauten Dampfer „Numidia“ an, einem 3000 BRT großen Steamer, der von Kapitän Nissen geführt wurde. Auf der Südamerikareise verbrachten die Seeleute sehr unfreundliche Weihnachten vor Maranhao. Weil an Land die Pest ausgebrochen war, gab es keinen Landurlaub. In der tropischen Hitze wurde bis spät in die Nacht hinein gearbeitet, weil das auf Reede liegende Schiff einen Anker mit Kette verloren hatte. Als Christgeschenk erhielt jeder Mann eine Flasche Vollbier, das aber verdorben war. Hans Bötticher sehnte sich nach frischem Brot.

Es war wieder nichts mit einem Weihnachtsfest in einer Hafenkneipe und einem Mädchen, das ihm Christbaumkonfekt still in die Taschen steckte. Es gab zwar an Bord eine kleine Kapelle, die auf selbst hergestellten und selbst entdeckten Instrumenten auf dem Achterdeck fröhliche

Weisen spielte, aber eben nicht an diesem Heiligabend. Dazu waren sie alle wohl zu müde.

Ein weiteres Weihnachtsfest auf einem Kauffahrteischiff blieb Joachim Ringelnatz erspart, nicht aber auf einem Schiff. Hans Bötticher meldete sich freiwillig zur Kaiserlichen Marine, als 1914 der erste Weltkrieg ausbrach, und kam zum sogenannten Filzlausgeschwader, kleine, ansonsten in der Hafenwirtschaft verwendete Fahrzeuge. Als Bootsmann glaubte er sich unter Wert eingesetzt. Während Kameraden befördert wurden, fühlte er sich übergangen und schob die Schuld dem Kommandanten des Schleppers „Vulkan" zu. Vielleicht war es auch so, aber seine an den Tag gelegte Überheblichkeit stieß auf wenig Verständnis. Als er vor Weihnachten erneut nicht befördert worden war, schmollte er und war so verbittert, dass er am Heiligabend nach dem Essen freiwillig die Brückenwache übernahm. Während die Besatzung mit kleinen Präsenten bedacht wurde, feierte er bei eiskaltem Wetter in seiner besten Uniform allein mit Mond und Sternen. Als ihn der Kommandant energisch nach unten beorderte, hielt er sich von allen Gesprächen fern. Bald verstummte der Witz, und die Männer gingen auseinander. Sie ließen einen traurigen Bootsmann zurück, der zu später Stunde seine Stimmung dem Tagebuch anvertraute: Vom Tannenbäumchen tropfte heißes Wachs auf das Papier.

Bötticher wollte unbedingt an die Front. Sein Gesuch versandete in der Marinebürokratie. Dabei wäre er so gerne Offizier geworden und ein Held. 1917 schlug endlich seine Stunde. Er wurde Kommandant des in der Elbmündung postierten ehemaligen Hafenschleppers „Fairplay VI". Führerboot der Hilfsminensuch-Division war die Hamburger Staatsyacht „Scharrhörn". Mit dem Säbel in der linken, die Mütze in der rechten Hand betrat er strahlend die Messe des Führerbootes. Er verbeugte sich vor dem Divisionschef und dem Kommandanten des Dampfers, Kapitänleutnant Drache, und meldete „sich gehorsamst laut allerhöchster Kabinettsorder zum Dienstgrad befördert Leutnant der Reserve Bötticher".

Nun war er endlich Offizier. Allein der kaiserliche Sold reichte für ein standesgerechtes Leben nicht aus. Mit dem Dienst nahm der frisch ernannte Leutnant es nicht so genau. Es kam vor, dass er an Land verschlief und sein Schlepper ohne ihn in See gehen musste. Kurz vor Weihnachten erhielt er Urlaub. Er nutzte die Zeit, um eine mit eigenen Illustrationen versehene Weihnachtsfestschrift herzustellen. Jedes Exemplar ließ er in einen handkolorierten Umschlag binden und nach Art alter Urkunden mit einem Siegel versehen. Er hatte keine Kosten gescheut, um Eindruck zu schinden; aber auch dieses Weihnachtsfest endete anders als erhofft. Als sich die Kommandanten der Hilfsminensucher in der Messe der „Scharrhörn" zusammenfanden, geriet er mit seinem in geordneten finanziellen Verhältnissen lebenden Kollegen Brückemann in einen heftigen Streit. Sämtliche Vermittlungsversuche scheiterten. Erneut fühlte sich Bötticher ausgegrenzt und zog sich wie im Jahr zuvor zurück. „Meine aufwendig gestaltete Festzeitschrift hat allgemeinen Beifall gefunden", notierte er in seinem Tagebuch. Das waren wenige Worte für einen großen Aufwand.

So endete auch Böttichers letzter maritimer Heiligabend kläglich. Keines dieser Weihnachtsfeste war auch annähernd so lustig, so turbulent verlaufen wie in seinem Gedicht vom Kuddel Daddeldu in der Kneipe zum König von Schweden. Verloren gegangen ist die Weihnachtsfestschrift, für die mancher Literaturfreund eine hohe Summe zahlen würde. Der Hilfsminensucher „Fairplay VI" ist längst verschrottet, der Schoner „Elli" blieb verschollen auf See. Ein anderes Schiff aus dieser Zeit ist wie ein Phönix aus der Asche auferstanden, die ehemalige Staatsyacht „Scharhörn", nunmehr mit einem „r" geschrieben. Hamburger Kaufleute kauften das in England liegende Wrack, und mit Hilfe der Hansestadt und des Arbeitsamtes konnte es in den einstigen Zustand zurückversetzt werden.

Heinz Bötticher hat auf dem Dampfer so manche alkoholgetränkte Feier mitgestaltet, aber das ist eine andere Geschichte …

Gesines wundersame Reisen

Es ist eine alte, abgegriffene, mit Salzwasserspuren gezeichnete Bibel in unserem Bücherschrank, die mich daran erinnert, dass Wunder in allerhöchster Not möglich sind, oder ist es nicht das Erbstück, sondern der darin verwahrte Brief aus dem Jahr 1756? Die Tinte ist verblasst, das Papier vergilbt, es ist ein kurzer, in englischer Sprache verfasster Weihnachtsgruß von John Conroy, Captain Ship „Wonder", an meine Ururgroßeltern. Es wäre eine Bibel wie viele andere, wären da nicht die Salzwasserspuren. Sie stammen aus der Kap-Hoorn-Region und erzählen von Gesines wundersamen Reisen, denn jahrelang begleitete sie ihren Mann auf großer Fahrt.

„Gesine" hieß auch die kleine gezimmerte Brigg, mit der sie im Jahr 1754 die Elbe verließen. Vor Blankenese übernahmen sie Trinkwasser, denn das Hamburger Wasser stank zum Himmel. Die Matrosen prügelten sich am Abend vor der Abfahrt mit den Dockenhudener Bauernknechten um die Deerns in ihren hübschen Trachten, ein alter Brauch, auf den keiner verzichten wollte.

Mit ablaufendem Wasser und leichtem Schiebewind segelte die „Gesine" bedächtig elbabwärts, vorbei an Krautsand und Neuwerk, und dann war nichts mehr als die sommerliche See in ihren späten Tagen.

Gesine stammte aus einer Seefahrerfamilie und hielt sich wohl aus dem Schiffskram fein heraus. Ob an ihren sonntäglichen Bibelstunden auf dem Achterdeck außer ihrem Mann und dem Steuermann einer der Matrosen teilgenommen hat, ist nicht überliefert. Die Bibel stand griffbereit neben der Kapitänskoje und gehörte wie die Segelhandbücher zur Navigationsausrüstung.

Um gut ausgerüstet die Weiterreise um Kap Hoorn anzutreten, lief die Brigg Montevideo an. Matrosen, die in Gesine einen verkappten Jonas vermuteten und Weiberröcken an Bord misstrauten, bekamen Oberwasser, als sich die Brigg dem Friedhof der Segelschiffe näherte. Bei hartem Weststurm und haushohen Seen, wie sie zu dieser

Jahreszeit in der Region der Albatrosse anzutreffen sind, flogen zunächst die noch stehenden gerafften Segel davon, dann brachen die Masten. So mancher Kapitän hat am Rande der Welt das Beten gelernt. Gesine blieb unter Deck, keiner weiß, was sie tat, gut möglich, dass sie in der Bibel las. Den Männern über ihrem Kopf gelang es schließlich in mühevoller gefährlicher Arbeit, eine Notbesegelung herzustellen; aber die Rettung war das nicht, bestenfalls ein Aufschub. Mit jeder heranwandernden See, die über die Bordwand stieg, verschwand ein Stückchen von der Brigg in den Fluten.

Für die Leute gab es an Deck nichts mehr zu tun, und sie versammelten sich in der Kapitänskajüte, um die Nacht zu überstehen. Ihre Gesichter waren salzverkrustet, die Augen müde und glanzlos. Sie hatten vergessen, dass Heiligabend war. Nur Gesine nicht, mit leiser, aber fester Stimme las sie die Weihnachtsgeschichte: „Es begab sich …“ Und während wenige Schritte entfernt der Sturm orgelte, die weiß schäumenden Wogen die Brigg unter sich begruben, hörten die Männer ihr zu, als hätten sie die Geschichte noch nie gehört. Sie wussten nur zu gut, dass auf See keine Wunder geboren werden, und kannten die Weisheit alter Fahrensleute: „Der Herrgott hilft dem Seemann in der Not, aber steuern muss er selbst.“

Wie aber sollten sie das? Eine der Seen hatte das Ruder zerschlagen. Es gab nichts mehr zu steuern. Die Nacht verging, die „Gesine“ schwamm immer noch, bewegte sich schwerfällig und würde kentern, gleich, vielleicht auch erst in wenigen Stunden. Über den zerrupften Masten hingen zwei Albatrosse ohne Flügelschlag in der Luft, als wollten sie Zeugen der Vernichtung werden.

Im fahlen Morgengrauen tauchte aus einer Regenböe ein Segler auf, er drehte bei und barg unter Lebensgefahr die gesamte Besatzung ab. Sie hatten nur wenig Gepäck mitnehmen können, aber zu dem wenigen gehörte Gesines wenn auch teilweise nass gewordene Bibel. Captain Conroy von der „Wonder“ brachte sie nach Punta Arenas und setzte danach seine Reise fort.

Die Versicherung kam für den Verlust der „Gesine“ auf, und mein Ururgroßvater kaufte dafür eine in Hamburg gebaute Bark. Weil er wie alle Seeleute abergläubisch war, taufte er die „Sirius“ nicht um. Gesine soll damit nicht ganz einverstanden gewesen sein, aber vielleicht ist auch das nur eine der vielen über sie erzählten Geschichten. Es gibt kein Bild von ihr, aber es kommt vor, dass ich in meinem Spiegelbild nach Spuren von ihr suche. Auf jeden Fall segelte Gesine wieder mit, als die „Sirius“, beladen mit Stückgut für Valparaiso, die Elbe verließ.

Auf den Tag genau zwei Jahre nach dem Verlust der Brigg erreichte die „Sirius“ die Südspitze von Kap Hoorn. Erneut wütete einer dieser Jahrhundertstürme aus Westen und ließ etliche Kapitäne die Reise abbrechen, andere scheiterten.

Am Morgen des Heiligen Abends trieb ein entmastetes, scheinbar verlassenes Schiff auf sie zu, mehr schon ein gefährliches Wrack. Gesine glaubte auf dem Achterdeck eine winkende Gestalt gesehen zu haben. Ohne zu zögern wurde das Großboot ausgesetzt, und es gelang, die Schiffbrüchigen abzubergen. Als der Letzte das Deck der „Sirius“ betrat, standen sich zwei Männer gegenüber, die vor zwei Jahren gedacht hatten, sich nie im Leben wieder zu sehen. Es war John Conroy, seine „Wonder“ blieb vor Kap Hoorn.

Am Abend saßen sie bis auf die Wache dicht gedrängt zusammen, und Gesine las aus ihrer Bibel die Weihnachtsgeschichte: „Es begab sich …“ Obwohl die englischen Seeleute kein Wort verstanden, hörten sie andächtig zu, wärmten sich am kräftig gebrauten Punsch und fühlten sich geborgen. Ob der Ururgroßvater diese beiden Begegnungen für Wunder hielt, ist nicht überliefert. Das trifft auch auf Gesine zu, aber es fällt mir leicht anzunehmen, dass sie geglaubt hat, dass nirgendwo der Mensch seinem Herrgott so nahe ist wie auf dem Meer und Wunder dort eher möglich sind als an Land.

Captain John Conroy hat sich, dem Brief nach zu urteilen, eine neue „Wonder“ zugelegt. Er muss jedoch gewusst haben, dass Gesine nach der Reise zu Hause bleiben wollte, um den Nachwuchs zu betreuen.

Da mein Ururgroßvater altersschwach im Bett gestorben und nicht auf See geblieben ist, wird Gesine, als sie „abmusterte“, die Bibel an Bord der „Sirius“ gelassen haben, als Garant für eine glückliche Heimkehr.

Captain John Conroy verließ mit seiner „Wonder“ den Hafen von Portland am 23. Januar 1757. Acht Tage später sichtete der französische Schoner „Jaqueline“ den Engländer unter kleinen Segeln auf dem Weg zur Südspitze Amerikas, danach verschwand er spurlos in der Weite der See, aber das ist eine andere Geschichte ...

Der über Bord gesprungene Weihnachtsbraten

Als 1840 auf der Werft Fischer in Königsberg die kleine Brigg „Königin Elisabeth“ vom Stapel lief, war das ein großer Tag für die Schiffszimmerei und den Reeder Johann Anschlag; denn der jüngst im Dom gekrönte König Friedrich Wilhelm IV. hatte sein Erscheinen zugesichert. Im Gefolge zahlreicher Würdenträger der Provinz betrat die 39-jährige Königin Elisabeth, Prinzessin von Bayern, am Arm ihres Gemahls die festlich geschmückte Schiffswerft. Preußens neuer König überraschte seine Untertanen mit langen predigtartigen Ansprachen bei jeder sich bietenden Gelegenheit, so auch anlässlich der Taufe der schmucken Brigg auf den Namen seiner Gemahlin. Er wünschte, ein volksnaher Monarch zu sein, und war bemüht, seine Feinde durch Menschlichkeit zu entwaffnen. Nach gelungenem Stapellauf wurde kräftig gefeiert, wie das in Ostpreußen so Sitte war.

Unter Kapitän Julius Kuhr verdiente sich die Brigg die Baukosten und den Unterhalt in der Atlantikfahrt. Vier Jahre später kam ein neuer Kapitän an Bord, einer von der „gelben“ Küste, ein Mecklenburger. Noch schlimmer war, dass Gustav Wallien neue Methoden einführen wollte. Dazu gehörte auch eine andere, moderne Verpflegung.

Der Vater des jungen Königs, Friedrich Wilhelm III., hatte sich gelegentlich persönlich um das Wohlergehen des gewöhnlichen Schiffsvolks gekümmert, wie sein Brief an die Ostpreußische Kammer in Königsberg belegt:

„Von Gottes Gnaden Friedrich Wilhelm, König von Preußen. Unseren gnädigen Gruß zuvor. Edle, Werte, Hochgelahrte Räthe, Liebe Getreuen!

In dem beikommenden Schreiben Unsers Auswärtigen Departments vom 5ten d. M. hat daßselbe auf Veranlassung einer bey dem Konsul Busky in Copenhagen vorgekommenen Beschwerde der Mannschaft eines dort überwinterteten Memelschen Schiffes über die Speisung dahin angetragen, daß, so wie solches in Pommern geschehen, auch eine Speiseordnung für die Ost- und Westpreußischen Schiffe erlassen werden möchte.

Wir befehlen Euch demnach mit Zuziehung der Commercien- und Admiralitäts Collegii eine solche Speiseordnung zu entwerfen und das Projekt zur Genehmigung einzureichen."

Das geschah am 4. Juli 1800 auf Seiner Königlichen Majestät allergnädigsten Spezialbefehl.

Nun tickten die Uhren in den östlichen Amtsstuben langsamer als im königlichen Schloss in Berlin. So verstrich viel Zeit, bis sich die Königsberger zu einer Entgegnung aufrafften.

Um nicht unbotmäßig zu erscheinen, legten sie die westpreußische Speiseordnung für das gewöhnliche Schiffsvolk dem Antwortschreiben bei und wiesen darauf hin, dass es zwei unterschiedliche Beköstigungsarten gebe, die typisch memelsche Costuma mit Erbsen und Graupen und die englische Costuma ohne Erbsen. Die westpreußische aber sei die verbreiteste und sie beinhaltet folgende Ordnung:

Sonntag: zum Frühstück Grütze und weiße Erbsen, zum Mittag graue Erbsen und Fleisch, zum Abend graue Erbsen mit Grütze und Restfleisch.

Montag: zum Frühstück graue Erbsen mit Grütze, zum Mittag weiße Erbsen mit Stockfisch, zum Abend weiße Erbsen mit Grütze.

Dienstag: zum Frühstück Grütze und weiße Erbsen, zum Mittag graue Erbsen und Fleisch, zum Abend graue Erbsen und Grütze. Mittwoch, Donnerstag, Freitag und Sonnabend: „Erbsen und Grütze, einmal graue, einmal weiße, abwechselnd; aber 21-mal in der Woche.

Nach dieser Vorlage resignierte der König im fernen Berlin und verfügte: „Die Beköstigungen der Schiffsequipagen bey den Gewohnheiten einer jeden Seestadt zu belassen!"

In den verflossenen vierzig Jahren hatte sich auch die ostpreußische Speiserolle verändert. Hinzugekommen waren die Linsen, die wegen ihrer Ähnlichkeit mit gewissem Ungeziefer auch Wanzen genannt wurden oder Bramstaglöpers.

Der neue Kapitän der „Königin Elisabeth" sprach ungeniert von den Kaschuben an Bord, wenn er seine ostpreußischen Seeleute meinte, die im Gegensatz zu ihren mecklenburgischen Kollegen ungerne Kartoffeln aßen. So manch einer maulte, wenn der Smutje, allein dem Alten zuliebe, Erdäpfel auftischte: „Kaptänje, gewe Se uns doch Orfkes, was uns kräftje, Kartoffel habe wir den janzen Winter gegnagt!"

Weil keiner nachgeben wollte, wurde die Stimmung an Bord der Brigg immer gereizter. Als der Segler von Frankreich kommend Skagen rundete, konnten sie kaum vor dem Weihnachtsfestende in Rostock sein. Nun war Heiligabend nichts Besonderes, ein Abend wie jeder andere auf See, bis auf die Erbsen, denn das von allen liebevoll betreute Bordschwein sollte den Braten liefern. Allein bei dem Gedanken an die Mahlzeit lief den Matrosen das Wasser im Munde zusammen. Als aber der Ohl keine Anstalten traf, das Borstenvieh zu schlachten, der Smutje auch noch den Leuten anvertraute, dass der Alte die fette Sau mit nach Haus nehmen wollte, steuerte alles auf eine Meuterei zu.

Bei Skagen stand eine raue See, und die Brigg machte unter gekürzten Segeln flotte Fahrt. Es war purer Zufall, dass sich bei Wachwechsel um Mitternacht drei der kräftigsten Matrosen vor dem Schweinekoben trafen. Und es war vielleicht Schicksal, dass der Alte in seiner Kajüte nach der Seekarte suchte, als das Schwein quiekend über Bord sprang. Der wachhabende Steuermann hörte den Schrei, das Aufplatschen und schrie: „Mann über Bord!" Mit ein paar Sätzen war der Alte oben an Deck; aber die grobe See, der achterliche hart wehende Sturm, die Dunkelheit, ließen keine Rettungsmaßnahmen zu.

„Mag de leew Gott em helpen", sagte der Alte und faltete die Hände. Als sich herausstellte, dass alle Mann noch an Bord waren, nicht aber das schlachtreife Schwein, schrie er gegen den Wind: „Brass back die Seils, Boot utsetten un das Swien bargen!"

Als keiner der Leute ihn zu hören schien, verschwand er, wütend auf die Kaschuben fluchend, in seiner Kajüte.

Am Heiligabend gab es infolge des Seeschweintodes keinen Braten, aber zum Glück auch keine Kartoffeln, sondern die über alles geliebten Erbsen, gebraten in Sirup, Fett und Zwiebeln – welch köstlicher Weihnachtsschmaus!

Spätere Eintragungen in verschiedenen Schiffstagebüchern über ein im Kattegatt gesichtetes Seeschwein sind von den Wissenschaftlern wie Darwin nicht ernst genommen worden. Die Brigg „Königin Elisabeth" wechselte 1878 von der weltweiten in die Küstenfahrt und ging vier Jahre später auf See verloren; aber das ist eine andere Geschichte ...

Der Wunschbaum

Ohne Lichter, Lametta und Kugeln sah der Christbaum im festlich geschmückten Speisesaal des Passagierdampfers „Fürst Bismarck“ wie ein Fremdkörper aus. Doch seit der Indienststellung des Zweischraubendampfers im Jahr 1891 in Stettin gab es an Bord in der 1. Klasse keinen der üblich geschmückten Weihnachtsbäume. Es hieß offiziell, dass sich der Reichskanzler persönlich für den nach ihm benannten „Fürst-Bismarck-Wunschbaum“ eingesetzt habe, zur Auffrischung verloren gegangenen Familienbrauchtums. Die Wahrheit war weniger prosaisch; aber vielleicht wollte Kapitän Gustav Albers nicht daran erinnert werden, dass vor sechs Jahren die hochverehrte Inspektion zwar Weihnachtsbäume, aber keinen Schmuck mitgeliefert hatte. Genau genommen war der Wunsch- ein Notbaum, vom Kapitän erfunden, weil die Reederei ihn dafür bezahlte, mit allen Problemen an Bord fertig zu werden.

Als im Dezember 1897 die „Fürst Bismarck“ den Hafen von New York anstrebte, kreisten die Gespräche an den Tischen vornehmlich um das bevorstehende Weihnachtsfest, um Sitten und Bräuche und den Wunschbaum. Es soll Passagiere gegeben haben, die nur mit „Fürst Bismarck“ den Atlantik überquerten, und das hauptsächlich zur Weihnachtszeit. Nicht auszuschließen ist, dass der für den Baum zuständige Obersteward schon auf vorangegangenen Reisen einkuvierte Wünsche gegen Entgelt entgegennahm und heimlich an den Zweigen des Baumes befestigte.

Wenn auch nicht am Kapitänstisch, so saßen doch Mister und Misses Matson aus Chikago in seiner Nähe. Der leutselige Schwiegersohn des millionenschweren Schlachthofbetreibers war nur zu gerne bereit, die Bedeutung des Wunschbaumes an Hand seines Beispieles zu erzählen: „Vor drei Jahren fuhr ich als Dritter Offizier auf diesem schönen Dampfer, und natürlich gab es schon damals den Brauch. Jede Art von Liebe zwischen uns Offizieren und Passagierinnen war verboten. Ich habe mich trotzdem verliebt; aber nicht gewagt, es ihr zu gestehen. Als die von mir angebetete junge Dame ihr Wunschkuvert an einen Zweig des Baumes heftete, stand ich zufällig in Sichtweite, und als die Gelegenheit günstig schien, pflückte ich das Kuvert ab. Ich musste ihren Wunsch wissen, auch wenn es mich meine Stellung gekostet hätte. Im Vertrauen, ich bin nicht der Einzige gewesen, der sich im Wunschladen der Damen sachkundig gemacht hat. Anders ist der Erfolg dieses Brauches nicht zu erklären. Es gibt in Amerika und Hamburg verräucherte Kneipen, wo neben künstlichen verstaubten Palmen Christbäume stehen, die mit Briefumschlägen statt Kugeln geschmückt werden.

Nun wusste ich zwar, dass sich die Herzensdame wünschte, von mir geküsst zu werden. Wie aber konnte ich diesen Wunsch erfüllen? Ständig überwachte mich der Kapitän und ihr Vater sie. Präsident der Chikagoer Schlachthöfe zu werden, ist dagegen ein Kinderspiel.

Nun will es der Brauch, dass um Mitternacht der Baum mitsamt den Wünschen im Ozean versenkt wird. Um den Gästen des Schiffes die Gelegenheit zu geben, weiterzufeiern, wird auf dem Achterdeck eine Champagnerbar aufgebaut. Für diese Aufgabe meldete ich mich freiwillig. Als zwei kräftige Stewards den Baum über Bord warfen, die Anwesenden Beifall klatschten und sich in den Armen lagen, reichte ich meiner Angebeteten ein gefülltes Sektglas, umarmte sie heftig und küsste sie, ohne auf Gegenwehr zu treffen. So entdeckte uns ihr Vater. Mir blieb keine Wahl, als ihn um die Hand seiner Tochter zu bitten. Der alte Herr, keineswegs überrascht, hatte nichts Besseres zu sagen als „kommt nicht in Frage, entweder die ganze Person mitsamt den väterlichen Millionen oder keinen Finger von ihr!“ Noch zufriedener schien meine aus Eimsbüttel stammende zukünftige Schwiegermutter zu sein. Sie überschüttete mich mit Küssen; aber so sind sie eben, die Amerikanerinnen!

Es mangelte nicht an begeisterten Zurufen wie „good luck old boy“ und „solche Männer braucht Amerika!“

Nur zwei saßen da und überlegten, Mrs. Matson und Kapitän Albers. Die ganze Zeit über hatte er gegrübelt und nachgedacht, wo er diesen großspurigen Yankee gesehen haben könnte. Nun er es wusste, war er wütend, dass dieser Mensch es gewagt hatte, sich seinen Befehlen zu widersetzen. Es dauerte ein paar Augenblicke, bis sich das angestammte Pflichtgefühl der Reederei gegenüber durchgesetzt hatte und er dem Gast zuprostete.

Als die Kabinentür hinter dem jungen Paar ins Schloss gefallen war, fragte sie ihn musternd: „Warum, Liebster, erzählst du solche haarsträubende Geschichte, ist das Seemannsgarn?"

Er verstand sie nicht, kramte nervös geworden aus seiner Brieftasche den damals entwendeten Zettel heraus und überließ ihn ihr. Sie drehte das Blättchen hin und her und bestritt es, ihn geschrieben zu haben. Dafür sprach, dass die beiden Zeilen „Ich wünsche mir, dass Joachim mich küsst" in deutscher Sprache abgefasst waren, die Joana nicht beherrschte.

„Aber ich habe gesehen, wie du den Umschlag ...", stammelte er unsicher geworden. Sie lachte erleichtert: „Stimmt, aber es war nicht mein, sondern der Wunschbrief von Mama!"

Um es vorwegzunehmen, die deutsch-amerikanische Ehe verlief trotzdem glücklich. Was beide am Heiligabend des Jahre 1897 für Wünsche dem „Fürst-Bismarck-Wunschbaum" übergaben, ist eine andere Geschichte ...

Sankt Nikolaus griff rechtzeitig ein

Mit an Sicherheit grenzender Wahrscheinlichkeit wäre die Hamburger Bark „Sirius“ am Heiligabend des Jahres 1862 verloren gegangen und mit ihr die gesamte Besatzung, wenn nicht Sankt Nikolaus sie im Auge behalten hätte.

Der Windjammer übernahm in Sunderland Kohlen für Vera Cruz und war mit Hilfe eines altertümlichen Bugsierbootes aus dem Hafen geschleppt worden. Draußen wartete ein kräftiger Südost auf die Bark, die den bärtigen Kapitän bewegte, nicht durch den Kanal, sondern um Schottland herum in den Atlantik zu segeln. Große Windjammer brauchten freien Seeraum, und nichts war für sie gefährlicher als eine Küste in Lee.

Die „Sirius“ passierte in angemessenem Abstand die unwirtliche Nordspitze und konnte nun West steuern. Leider flaute der Wind zwei Tage später ab. Sorgenvoll betrachtete der Alte das stetig fallende Barometer. Jedes Mal, wenn er noch so vorsichtig mit dem Knöchel seines Zeigefingers gegen das Glas klopfte, rutschte der Zeiger bruchstückweise in den Keller. Regen setzte ein und harkte die See. Von Wache zu Wache mussten Segel geborgen werden, bis auf das Groß-Untermarssegel und zwei Stagsegel. Rechtzeitig drehte der erfahrene Kapitän, der nie ohne Bowler an Deck erschien, die Bark bei, um den Sturm abzuwettern.

Höher und länger wurden die heranlaufenden Seen, die mit weißen Bärten geschmückt über die „Sirius“ hereinbrachen. Was nicht nietfest gewesen war, hatten sie nach und nach zertrümmert. Eine der Sturzseen zerschlug die Türen der Kajüte und hinterließ in den Kojen und Schränken seine nasse Visitenkarte. Dazu war es kalt, Hagel- und Schneeschauer schränkten die Sicht ein. Als der Sturm die „Sirius“ gefangen nahm, befand sich das Schiff nach gegisstem Besteck noch 200 Seemeilen von Land entfernt, aber das war Tage her.

Als vor Tagesbeginn in Lee das starke Leuchtfeuer von Black Rock an der Westküste von Irland ausgemacht wurde, war das mehr als eine unangenehme Überraschung. Nach kurzer Beratung mit seinen Steuerleuten beschloss der Kapitän, das Schiff zu halsen und auf dem anderen Bug liegend zu versuchen, sich freizusegeln. Sie wussten, was geschehen würde, wenn das Manöver misslang.

Wild jagte die „Sirius" durch die tobende See. Riesige Brecher schüttelten den Windjammer. Mancher Seufzer stieg aus bedrängter Brust in Nacht und Sturm hinaus. Brach der Klüverbaum, dann gingen die Masten über Bord und es war um alle geschehen.

Der Alte hatte seinen Bowler fester auf den Kopf gedrückt und wich nicht eine Minute von Deck.

Erst als am Heiligabend im Osten der Morgen graute und plötzlich der Wind umsprang, keimte Hoffnung auf. Flink wurden die Reffs gelöst und die Fock gesetzt, ein gewagtes Manöver, aber das einzige, das sie vor der Strandung an der felsigen Küste bewahren konnte. Ganze Seen wanderten über das Schiff, dessen Verbände zitterten, aber jede Minute brachte sie von Land fort hinaus in den offenen Atlantik.

Zerschlagen stand die Besatzung an Deck, sie war übermüdet, ausgelaugt, den Tod vor Augen, aber bereit, auf Befehl des Alten einzugreifen. An Essen und Trinken dachte keiner.

Als die größte Gefahr vorbei war, rief der Kapitän alle Mann achteraus und bedankte sich bei ihnen, dass sie treu zu ihm gestanden haben, und nun sollten sie, wenn auch verspätet, Weihnachten feiern. „Der heilige Nikolaus hat es noch einmal gut mit uns gemeint", sagte er zum Schluss, bevor er den Smutje in die Kombüse schickte, damit er eine kräftige Bowle braue. Danach gab es Essen, und dankbar klang eine „Fröhliche Weihnacht" aus rauen Kehlen.

Wenn der Wind nicht umgesprungen wäre, hätte sie kein Manöver mehr gerettet. Andererseits hatten sie mehr gewagt, als in jedem Lehrbuch steht. Nach 89 Seetagen lief die „Sirius" in Vera Cruz ein. Die Kohlenladung hatte sich entzündet, aber das ist eine andere Geschichte ...

Weihnachtswunder bei der Bremer Mary

In Iquique lagen einst bis zu 60 Tiefwassersegler aller Nationen auf Reede, um mit Salpeter beladen die Heimreise nach Europa anzutreten. Der Ort war so trist, wie man ihn sich nur vorstellen kann. Theodor Plievier war als Seemann an der Salpeterküste und hat ihn in seinem Buch „Haifische" beschrieben und Millys Miramar-Bar, eine hochtrabende Bezeichnung für die Seemannskneipe mit Absteige: „Ein Haus in der Hafengegend, das Dach aus Wellblechplatten." Ein Haus wie alle anderen. Nur, dass über der Tür ein Schild hing „Zur guten Fahrt". Daneben las man „Kost und Logis für Seeleute". Man las es in sieben Weltsprachen und musste es schließlich glauben. Und da waren noch Chica und Nina, Millys Mädchen, hinter dem Schanktisch. Milly war schon über dreißig, aber trotzdem. Es gab manchen ehrlichen Seemann, der die sechs Stufen zu ihrem Schlafzimmer kannte. Die Milly kirren, da müsste schon ein anderer als Bully kommen. Er kam, bei Plievier heißt er Slimmy. Milly könnte die „Bremer Mary" gewesen sein und ihr Runner Walter Bruns.

Die lebenslustige „Bremer Mary" war an der Salpeterküste eine Institution. Bei ihr wurde der erste und der letzte Drink eingenommen. Schon wochenlang vorher noch auf See, Kap Hoorn lag gerade achteraus, wurde in den Matrosenlogis ihr Loblied gesungen. Sie hat manchem „hard-up"-sailor zu einem neuen Schiff verholfen, schließlich standen „German runaway's" hoch im Kurs. Auch wenn sie bei ihr tief in Kreide stehende Matrosen wirklich vershangheit haben sollte, so wurde es ihr nicht nachgetragen.

Nach einer langen Reise westwärts um Kap Hoorn brauchte kein Seemann Alkohol, um sich eine Frau schön zu saufen. Für einen Peso konnte sich der ausgehungerte Seemann eine halbe Seligkeit kaufen. Da waren Chica und Nina, und wenn Not am Mann war, sprang auch Mary ein.

Walter Bruns, Matrose vom Hamburger Viermaster „Pisagua“, überquerte die staubige Plaza und nahm Kurs auf Marys Boardinghouse. Der Schanktisch in der Bar bildete eine Barriere. Ein Stoffvorhang trennte das winzige Kontor ab, die Vorratskammer befand sich im hinteren Teil des Patios.

Marys Mädchen waren beschäftigt, und Mary schloss trotz massivem Protest einer ausgetrockneten englischen Crew eines gerade eingelaufenen Vollschiffes den Laden zu. In ihren etwas höher gelegenen Räumen sorgten ein paar wenige Kerzen für eine ausreichende Beleuchtung. Er begriff, dass es nicht Liebe auf den ersten Blick war, die ihm diese Nacht bescherte. Sie wollte am Heiligabend nicht alleine sein, so wie er. Das war es! In einem den Mädchen vorbehaltenen Zimmer spielte ein Grammophon „When the sun sets …“. Mary schenkte ihm Whisky ein statt des preiswerten Piscos und fragte, wohl einer Eingebung folgend:

„Glaubst du an Wunder?“

Damit hatte er sich bislang nicht beschäftigt und er sagte, was ihm einfiel, dass ihr Schnaps das eigentliche Wunder sei, der mehr Wasser als Alkohol enthalte, je mehr man davon trinke.

Sie lachte keineswegs beleidigt und behauptete, dieses Wunder nur zu vollbringen um der Gäste und ihrer Mädchen wegen. Als fürsorgende Mamasita müsste sie ein wachsames Auge haben, weniger auf die Moral als auf die Geldbörse ihrer Schützlinge. Von einem betrunkenen Sailor im Kallabus hätte keines ihrer Mädchen auch nur einen Cent, und er bekam schließlich auch nicht, wonach er sich monatelang auf See gesehnt hatte.

Das leuchtete ihm ein. Ansonsten aber gäbe es seiner Meinung nach keine Wunder, schon gar nicht auf See. Als die Kerzen herabgebrannt zu flackern begannen, lenkte er das Gespräch auf Weihnachten und die Heimat, wollte wissen, warum sie hier lebe, am Ende der Welt.

Sie winkte ab: „Das übliche. Ich hatte Streit mit Mutter. Irgendwann habe ich es nicht mehr ausgehalten, habe meine Sachen gepackt und bin abgehauen. Am Ende der Papenstraße habe ich mich umgedreht und zurückgewinkt, aber Mama war verschwunden."

Die Papenstraße kannte er nur zu gut. Er hatte dort Jahre lang gewohnt, zusammen mit Mutter und Bruder Karl. Er erinnerte sich an die Witwe Mahlmann vom Haus gegenüber, deren Tochter Maria mit einem Seemann auf und davon gegangen sein sollte. Er sah die Witwe in ihren dunklen Kleidern vor dem Haus auf einer Bank sitzen, in sich gekehrt, mit zur Erde geneigtem Kopf. Sie galt als nicht mehr ganz richtig im Kopf, seit der Geschichte mit dem Paket, das angeblich Maria ihr zu Weihnachten geschickt haben sollte, in Wahrheit aber von seiner Mutter gekommen war.

Maria – Mary, Bremer Mary!

Emma Mahlmann bekam ein Armenbegräbnis.

Und jetzt saß er mit ihrer Tochter am entgegengesetzten Ende der Erde zusammen und dachte an sie. Er überlegte noch, als sie fragte: „Du kommst aus Bremen, oder?" „Schon, aber das ist unendlich lange her, Maria!" Sie stutzte, sah ihn prüfend an, er aber griff zum Glas und prostete ihr zu. Sie sangen keines der üblichen Weihnachtslieder, sondern den Shanty „It's a long time ago, a very long time ago …", und der klang wie „Stille Nacht, heilige Nacht".

Das Leben auf den Segelschiffen war hart und entbehrungsvoll. So manche Chilenin fand einen Seemann fürs Leben. Sein Schiff segelte auch ohne ihn ab, und so blieb Walter Bruns an der Salpeterküste hängen; aber das ist eine andere Geschichte …

Die Weihnachtsansprache

Die renommierte „Hamburg-Amerika Linie“ hatte auch 1907 ihre pensionierten Kapitäne zur Weihnachtsfeier eingeladen, die in diesem Jahr auf dem im Hafen aufliegenden Dampfer „König Friedrich August“ stattfand. Im festlich geschmückten Speisesaal sorgten das vom Chefkoch zusammengestellte Menü und die ausgesuchten Weine für eine ausgelassene Stimmung bei den ergrauten Schiffsführern. Sie wurde jäh unterbrochen, als der bei etlichen Anwesenden ungeliebte Oberinspektor Theodor Witt die altbekannte Weihnachtsansprache zu halten gedachte, statt sich mit „Guten Appetit, Kollegen“ zu begnügen. Zwei dieser Kollegen hatte der Zufall an einen Tisch zusammengeführt. Weder Emil Stehr noch Peter Kelting hatten die unerfreulichen Auftritte des Herrn Oberinspektors an Bord ihrer Dampfer vergessen. Unabhängig befragt hätten sie energisch abgestritten, nachtragend zu sein. Etwas schwerhörig waren sie vielleicht geworden; aber das war mehr eine Frage des Alters und nicht des Charakters.

Oberinspektor Witt war überzeugt davon, nach Albert Ballin der wichtigste Mann der Reederei zu sein. Als er sich erhob, verstummten die Musik und die an den Tischen geführten Gespräche. Er begann mit der Behauptung, dass die Direktion sich freue, so viele Altgediente begrüßen zu können, und fuhr fort: „Viele von Ihnen sind verheiratet …“

Hier unterbrach Peter Kelting den Redner, als er seine rechte Hand muschelförmig hinter das Ohr legte und laut nachfragte: „Was hat er gesagt, Stehr?“

„Er will heiraten!“

„So, aber wer nimmt ihn noch?“

Allgemeines Gelächter zog wie eine heitere Brise durch den Speisesaal. Während sich die beiden Unruhestifter zuprosteten, hatte sich der Herr Oberinspektor gefangen: „Viele von Ihnen sind verheiratet und haben Freunde in der Stadt, wo sie im Kreise der Familie den Heiligabend verbringen.“

„Was sollen wir singen?“, hakte Stehr nach.

Witt wischte sich mit einem groß gemusterten Taschentuch den Verlegenheitsschweiß von der faltigen Stirn. Peter Kelting gedachte darauf keine Rücksicht zu nehmen, trotz Heiligabend, Menü, Wein und Musik.

„Nicht singen, Emil, bringen!"

Emil beließ es dabei, hob sein Glas und prostete dem Redner zu, der langsam den Faden verlor: „Für manche von Ihnen aber, die keine Familie haben oder einen Ersatz für die im Kreise ihrer ..."

Stehr und Kelting staunten, als hinter ihnen ein Kollege korrigierend eingriff: „Richtig heißt es: Für manche von Ihnen aber, die keinen Familienanschluss haben oder auf Wache gehen müssen heute Abend, sollen diese paar Stunden einen geringen Ersatz bieten für die im Kreise ihrer fernen Lieben Ihnen entgangene Familienfeier!"

Kräftig anhaltender Beifall belohnte den Auftritt. Die Kapelle spielte einen Tusch. Alles zusammen brachte Witt einem Nervenzusammenbruch nahe. War das noch Ungehorsam oder schon gemeinsame Meuterei?

Er betete, dass Albert Ballin nie etwas von diesem Desaster erfahren möge. Geschlagen aber wollte er sich nicht geben, nicht von diesen abgetakelten senilen Leuten, die keinen Wein mehr vertragen konnten.

Schade um den teuren Rotspon!

„Wir Angestellte der ‚Hamburg-Amerika Linie', wir seefahrende Leute der Kompanie, bilden doch sozusagen eine große Familie ..."

Wusste Witt nicht weiter oder erwartete er einen Zwischenruf, jedenfalls blickte er erstaunt um sich. Nichts mehr war übrig geblieben von dem überheblichen Oberinspektor, der mit den fahrenden Kollegen umgegangen war, wie früher als Kapitän mit dem Brückenmoses. Seine Hände zitterten, als er das zum Glück nicht bis zum Strich gefüllte Glas hob.

War es Rachsucht der Alten oder weihnachtliches Mitgefühl, fest steht, dass sie sich erhoben und gemeinsam die letzten Zeilen der altvertrauten Rede skandierten: „... zusammengehalten durch gemeinsam Erlebtes, durch manche Gefahr, die wir Schulter an Schulter überwunden haben. Lasst uns das Glas erheben und auf unsere Reederei anstoßen, die große ‚Hamburg-Amerika Linie', sie lebe hoch, hoch, hoch!“

Erst spät am Abend hatte sich der Herr Oberinspektor so weit erholt und überwunden, um sich dem Tisch zu nähern, an dem Peter Kelting und Emil Stehr hinter ihren Rotweingläsern saßen und zufrieden in die Runde blickten. Was er gedacht haben mag, als er mutig seine Hand ausstreckte und beide ansprach, ob sie sich nach so vielen Jahren nicht wie Männer vertragen sollten, weiß keiner. Da beugte sich Peter Kelting zu Stehr hinüber und flüsterte:

„Warum brüllt der Witt so, ist er schwerhörig?“

Weil beide geschworen hatten, nicht nachtragend zu sein, stießen sie mit ihm an. Unterstützt vom vielstimmigen Chor der Kapitäne sangen sie: „Hoch die Gläser klingen, ein frohes Lied wir singen.“ Das war zwar kein Weihnachtslied, aber wie die alten Salzbuckel es sangen, hörte es sich an wie „stille Nacht, heilige Nacht“.

Und so wird es wohl auch Sankt Nikolaus gehört haben, der Schutzherr der Seefahrer, aber das ist eine andere Geschichte …

Graf Luckners ungewöhnliche Weihnachtsfeiern

Wenn einer viel und spannend dazu aus seinem bunten Seemannsleben zu erzählen wusste, dann war es der 1881 in Dresden geborene Felix Graf v. Luckner, Sohn eines Gutsbesitzers. Die Schule war nicht das Metier des späteren „Seeteufel“-Kapitäns. Als ihm zufällig die Speisekarte des Schnelldampfers „Fürst Bismarck“ in die Hände gefallen war, stand sein Entschluss fest: Er wollte Seemann werden, wo es so feine Sachen zu essen gab. Ohne elterliche Einwilligung „desertierte“ er von der Schule, reiste nach Hamburg und musterte als Schiffsjunge Phylax Lüdicke auf dem kleinen russischen Segelschiff „Niobe“ an. Zwei Jahre später, 1901, befand sich Luckner immer noch unter falschem Namen als Matrose auf dem Hamburger Vollschiff „Caesarea“ der Reederei Jörgensen. Der 1877 in Sunderland gebaute Windjammer hatte eine Reihe schwerer Atlantikstürme hinter sich, als am Heiligabend die Sonne schien und der Sturm zur Brise abflaute.

Alle an Bord atmeten erleichtert auf und Kapitän Erdmann sagte: „Das ist ein Zeichen von Gott, wir wollen ordentlich Weihnachten feiern.“ Die Leute unter Leitung des Zimmermanns bauten einen Weihnachtsbaum nach alter Seemannsart aus einem Besenstiel und schmückten ihn mit buntem Papier, Stanniol und Flitter. Die Matrosen beschenkten sich selbst mit einem Pfund Tabak, während der Alte einen Schinken und eine Bowle nach vorne ins Logis schickte. Als er kam, um sich den Baum anzusehen und miteinander anzustoßen, fiel eine so genannte weiße Böe von vorne ins Schiff. In wenigen Minuten war das Vollschiff bis auf die Untermasten wrack. Unter den Trümmern der Takelage lag tot der Rudersmann. Eine Rah hatte das Deck durchschlagen und war in Luckners Koje stecken geblieben. So hatte sich keiner die Fortsetzung des Heiligabends ausgemalt.

Nach dem Steuermannspatent musterte Luckner auf

dem 1897 gebauten Dampfer „Petropolis“ der Hamburg-Süd an. Heiligabend 1911 befand sich der junge Schiffsoffizier an Land. Er hatte zunächst bei Bekannten gefeiert und wollte nun zurück auf sein Schiff. Als er auf dem Ponton stand und auf die Hafenfähre wartete, entdeckte er im trüben Lampenschein eine Person, im eiskalten Wasser treibend. Allen Bedenken trotzend stürzte er sich in die eiskalte Elbe und rettete den englischen Seemann Pearsin vor dem sicheren Tod. Seine mutige Tat blieb nicht unerwähnt und erleichterte ihm die Fortsetzung seiner Karriere bei der Kaiserlichen Marine.

Wenige Wochen nach der Seeschlacht im Skagerrak im Sommer 1916 besuchte Graf Luckner den Reeder Dahlström in Hamburg. Natürlich musste er über seinen Einsatz auf der „Kronprinz“ berichten. Angeregt entwickelte er seinen Lieblingsplan, nach dem Krieg ein Segelschiff als Kapitän führen zu wollen. Gleichzeitig hatte der Admiralstab in Berlin beschlossen, ein bewaffnetes Segelschiff als Hilfskreuzer einzusetzen, mit Graf Luckner als Kommandant. Jeder andere hätte Bedenken vorgebracht, nicht aber Luckner. Er übernahm die von einem U-Boot aufgebrachte amerikanische Prise „Pass of Balmaha“. Auf der Suche nach einem geeigneten deutschen Namen entschied sich der Graf für die abenteuerlich klingende Bezeichnung „Seeadler“.

Um die britische Blockade durchbrechen zu können, musste der ungewöhnliche Hilfskreuzer getarnt werden und viel Glück haben. Glück vor allen Dingen! Natürlich durfte keines der Geschütze sichtbar sein. Zwar waren die Papiere von echten nicht zu unterscheiden, aber reichte das? Um sie unleserlich zu machen, wurde ein Seenotfall vorgetäuscht, mit eingeschlagenen Bullaugen und durchnässter Kapitänskajüte. Unter neutraler norwegischer Flagge segelte die „Seeadler“ durch die Nordsee und hatte den Blockadering fast durchbrochen, als ausgerechnet am Heiligabend ein britischer Kreuzer auftauchte und den einsamen Windjammer stoppte. Ein Untersuchungskommando kam an Bord, auf dem alles für eine derartige Überprüfung vorbereitet worden war. Es fehlte jeder Hinweis auf Weihnachten. Der britische Marineoffizier begrüßte den verkleideten Grafen höflich: „Happy christmas, captain!“

Luckner, im Stil eines norwegischen Segelschiffskapitäns, antwortete schleppend:

„Oh, happy christmas, mister officier!“

Unter ihnen, getrennt durch eine Holzdecke, warteten fünfzehn bewaffnete Seesoldaten auf ihren vergeblichen Einsatz, zu abenteuerlich schien dem Untersuchungskommando die Vorstellung, die Deutschen könnten mit einem alten Segelschiff Handelskrieg führen wollen.

In des Kommandanten breiter Koje bibberte der jüngste Matrose, zurechtgemacht als zahnkranke Kapitänsfrau. Die Anwesenheit der mitreisenden Ehefrau war mitentscheidend, dass die Räume nur flüchtig durchsucht wurden. Nach längerer Wartezeit im Schussbereich des Kreuzers durfte der als harmlos eingestufte norwegische Windjammer seine Reise fortsetzen.

Kaum waren die Rauchfahnen des Kriegsschiffes hinter dem Horizont verweht, fiel auf der „Seeadler“ die Tarnung. Erleichtert ließ Luckner die deutsche Kriegsflagge setzen und sagte:

„Jungs, jetzt lat uns Wihnachten fiern! Jetzt hevt wi de Berechtigung!“

Er selbst schmückte den aus seinem Versteck unter der Holzladung gezogenen, aus der Heimat mitgenommenen Baum. Liebesgaben hatten sie reichlich. In ihren blauen Uniformen saßen alle Leute bis auf drei Mann am Ruder im Kapitänssalon und sangen die altvertrauten Weihnachtslieder. So mancher Gruß ging in dieser Nacht über das Meer heim zu den Lieben. Die Weihnachtsansprache des Kommandanten war voller Zuversicht. Zunächst schien er Recht zu bekommen. 35000 Seemeilen hatten sie zurückgelegt und manches feindliche Schiff versenkt, als die „Seeadler“ am 2. August 1917 nach einem später vertuschten Navigationsfehler vor der Insel Mopelia in der Südsee strandete; aber das ist eine andere Geschichte …

Von Weihnachtskerzen war nicht die Rede

Der von den Jahren auf See rostgezeichnete Tanker „Gulf Ozean" hatte seine hochexplosive Ladung bereits gelöscht, befand sich aber noch an der Bunkeranlage in Brunsbüttel, um die Tanks zu entlüften, eine höchst feuergefährliche Angelegenheit. Dass der Tanker sich nicht auf See herumtrieb, wo das Geld verdient wird, lag an der Verordnung, dass am Heiligabend ab Mittag kein deutsches Seeschiff hinaus in die weite Welt geschickt werden darf, auch nicht vom Kiel-Kanal aus.

Bei der Abfassung des Vertragstextes hatten sich die Parteien erinnert, dass einst von der „christlichen" Seefahrt gesprochen wurde im Gegensatz zu der „unchristlichen" der Kriegsmarine. Der raubeinige, im Ermland geborene Kapitän Clemens Prahl, der selbst im Urlaub kaum an Land zu finden war, sondern als Schipper den Schoner „Maria" in der Ostsee segelte, hatte die Liegezeit des Tankers nutzen wollen, um in Farmsen gute Freunde zu besuchen. Er wollte rechtzeitig zurück sein, um mit der Besatzung den Heiligen Abend zu verbringen.

Die Arbeiten an Bord des Tankers ruhten, an Deck, aber auch im Maschinenraum, um jede Funkenbildung auszuschließen. Schon aus Sicherheitsgründen war Rauchen verboten, und im eigenen Interesse hielten sich die Seeleute an diese Vorschrift.

Nach dem lukullischen Mahl am Heiligabend hatte sich die Crew in der Messe um den phantasievoll geschmückten Weihnachtsbaum versammelt und sang mehr schlecht als recht die traditionellen Weihnachtslieder mit geringfügigen Textabweichungen. Während sie mit bierfeuchten Kehlen das Lied von den Lichtern anstimmten, die so hell am Tannenbaum brennen, öffnete sich das Schott, und herein trat der uniformierte Kapitän, um die Weihnachtsgrüße der Reederei in Form einer kleinen Gratifikation zu überreichen.

Gelähmt blieb der gebürtige Ostpreuße in der Türöffnung stehen und starrte entgeistert auf den wunderschön herausgeputzten Weihnachtsbaum mit seinen bunten Kugeln, den Schleifen, Klingeln, dem Lametta und den brennenden Wachskerzen!

Als er die Sprache wieder fand, wollte er jedes Besatzungsmitglied ins Journal eintragen, Strafanzeige stellen und die Gratifikation einbehalten. Sein Zorn richtete sich ganz besonders gegen die Offiziere des Tankers.

Es gab zwar keine Meuterei, eher betroffene Gesichter, aber alle fanden den Alten ungerecht, denn keiner hatte gegen das erste Gebot auf einem Tanker verstoßen: „No smoking“! Von Weihnachtskerzen war in keiner der Verordnungen oder Dienstvorschriften etwas zu lesen, und das konnte der Kapitän nicht widerlegen. Er hielt, keineswegs überzeugt von den Argumenten der Gegenseite, noch eine Weihnachtsansprache, aber das war mehr eine Predigt und somit eine andere Geschichte …

Im Weihnachtsfang gerettet

Seit einer Unendlichkeit von Tagen wehte es unter Islands Küste junge Hunde. Es war schier zum Verzweifeln, denn auch die Fänge belohnten den Schweiß nicht, die von der „Bielefeld“ am langen Vormittag des Jahres 1958 aus dem eiskalten Wasser gefischt wurden. Rotbarsch, Kabeljau und Seelachs hatten sich durch die Überfischung der Fanggründe in unbekannte Gewässer verzogen. Kein Wunder, dass der Alte des Trawlers grantiger wurde und gereizter die restliche Besatzung. Die nicht gerade zart besaiteten Männer pöbelten in allen Landessprachen. Dass Heiligabend bevorstand, machte die Sache nur schlimmer.

Nur einer ließ sich vorerst nicht stören, der Smutje, und das war auch gut so. Seit dem frühen Morgen hantierte er pfeifend und singend in der Kombüse herum. Aufregende Düfte zogen durch die Aufenthaltsräume des Fischdampfers. Ausnahmsweise roch es nicht nach Frischfisch, sondern nach gebratenen Gänsen und gebackenem Streuselkuchen und Plätzchen. Kaum einer, der nicht zufällig bei ihm hereinschaute, ihn lobte und um einen Vorschuss bettelte. Nach dem Mittagessen kam wie erwartet der Ruf des Alten von der Brücke:

„Hiev up!“

Die kräftige Winde begann zu rotieren, zu rattern und zu stöhnen und holte langsam das Netz aus der Tiefe des Meeres an die Wasseroberfläche. Noch bevor die Scherbretter in den Galgen hingen, durchbrach der Steert die Oberfläche und legte sich flach.

„He drivt, he drivt!“, brüllte aufgeregt der Steuermann. Nach langer Zeit bot sich ihnen und den Hunderten von kreischenden Möwen endlich ein nennenswerter Hol. Auf der Brückennock ließ der Alte das Netz nicht aus den Augen. Die See war grob, und jederzeit konnte der Steert abreißen und sie um den verdienten Lohn ihrer harten Arbeit bringen. Angetrieben und ermahnt zogen die Männer das Netz ein.

Eine überkommende See riss den Bestmann von den

Füßen und wusch ihn außenbords. Instinktiv streckte er die Arme aus, erwischte das Netz und klammerte sich an den Maschen fest, doch das schwere Ölzeug zog ihn unerbittlich nach unten. Bei der Kälte des Wassers würde er sich nicht lange halten können. Für die Männer an Bord war der Fang nicht mehr wichtig. Der Alte wuchtete den nächsten Rettungsring aus der Halterung und schleuderte ihn über Bord. Doch was nutzte Rudolf Lauschinski im brodelnden Wasser der Ring? Seine Finger wurden steif, er schrie um Hilfe. Verlangte die See am Heiligen Abend ein Opfer? War das Leben auf Gottes großer Rennbahn nicht schon schwer genug? Was der aus Greetsiel stammende Steuermann Alfred Böcker am Tag sagte, ging bequem auf eine Postkarte. Sicher dachte er an seine Frau und drei Kinder, als er sich eine Leine um den Leib schlang und dem Bestmann nachsprang. Er bekam den bereits Erstarrten zu packen, und die Männer an Deck zogen an der Leine beide zurück auf den Trawler.

Als sie mit trockenen Plünnen wieder an Deck erschienen, galt ihre erste Frage dem Hol. Er war ausgezeichnet und sorgte für bessere Stimmung. Hinzu kam, dass der Alte den Trawler ein paar Stunden treiben ließ, damit die Besatzung Weihnachten feiern konnte. Unter ihnen saß Rudolf, noch leicht benommen, aber wohl mehr vom Rum, den ihm der Alte nach dem unfreiwilligen Bad eingetrichtert hatte. Kranke Leute konnte er nicht gebrauchen. Als der Bestmann Anstalten traf, sich beim Steuermann zu bedanken, winkte der unwillig ab. „Nicht dafür, Rudolf!", war alles, was er entgegnete.

Stunden später, es hatte endlich abgeflaut, der Heiligabend auf der „Bielefeld" war vorbei, standen beide an Deck, als wäre nichts geschehen. Der Kapitän beantragte für seinen Steuermann eine Rettungsmedaille; aber das ist eine andere Geschichte …

Der Weihnachtsbrief der Patin

Von den meisten Paten hören die Seeleute eines Schiffes nach erfolgter Jungfernreise nie wieder ein Wort und wenn, dann sind es ungelesene Bücher aus der Hausbibliothek oder Freikarten für ein Benefizkonzert. So betrachtet war die Patin des Dampfers „Hundseck“ eine Ausnahme. Die resolute Besitzerin des gleichnamigen Schwarzwaldhotels dachte nicht allein an das Wohlgefühl ihrer Gäste, sondern zur Weihnachtszeit auch an die Seeleute des von ihr getauften Schiffes.

In den ersten Jahren erfreute selbst gebranntes Kirschwasser am Heiligabend Offiziere und Matrosen gleichermaßen, dann folgten Kuchenpakete, und schließlich kamen nur noch Briefe; aber sie sorgten, vom Kapitän persönlich vorgetragen, stets für Stimmung, und das war mehr, als die Reederei ihren Angestellten bot.

Natürlich hatte die Crew der „Hundseck“ gehofft, in diesem Jahr das Weihnachtsfest im heimatlichen Bremen verbringen zu können, doch daran war nicht mehr zu denken gewesen, als der Dampfer den Hafen Passaches an der spanischen Küste verlassen hatte. Am Nachmittag des Heiligen Abends befand sich die „Hundseck“ mitten in der Biskaya. Mädels waren nicht zu sehen, wohl aber eine üble, raue See. In der Messe hatte einer der Stewards den Christbaum mit einem stärkeren Tampen fest gelascht, um zu verhindern, dass er im Rollen und Stampfen über Stag ging. Gelegentlich mischte sich dumpfes Dröhnen in das schaurige Heulen des Sturmes und drang durch die geschlossenen Schotten bis in die Messe, als Zeichen, dass wieder eine besonders schwere See über das Vorschiff hereingebrochen war. Grausam sah die See von der höher liegenden Brücke aus. Sie kochte. Grüne, gläserne Giganten türmten sich auf, so weit das Auge reichte. Der betagte Dampfer wälzte seinen rostverwaschenen Leib durch tiefe Gründe und keuchte mühsam über gischtgekrönte, zerzauste Grate hinweg. Es gab keinen Horizont mehr. Die Männer der Wache, im Ruderhaus versammelt, wechselten nur wenige Worte. Im Kompasskessel tanzte der Steuerstrich vor der schwindenden Scheibe der im Alkohol schwimmenden Rose. Ob die „Hundseck“ noch Fahrt über Grund machte oder unaufhaltsam achteraus trieb, ließ sich nicht genau feststellen. Für kurze Zeit lenkte der Funker die Aufmerksamkeit auf den aufgefangenen Hilferuf eines englischen Frachters, der nach eigener Positionsangabe keine vierzig Seemeilen von ihnen entfernt in Seenot war, für sie unerreichbar, es sei denn, Wind und See würden den Havaristen auf sie zutreiben. Keinen ließ der SOS-Ruf gleichgültig, denn ihnen konnte jederzeit Ähnliches widerfahren. Wie schnell fiel ein Kessel aus, brach das Ruder oder ein Feuer aus, wurden Luken eingeschlagen, kenterte ein Schiff.

Kapitän Heinrich Knüppelholz fühlte sich von der Reederei unterbewertet. Seiner Meinung nach hätte er längst einen der neuen Indiendampfer kommandieren müssen, und gelegentlich sah man ihm die Enttäuschung auch an. Sein Steward hatte in die Welt gesetzt, dass der Alte tagein, tagaus an der Schreibmaschine sitze und seine Memoiren schreibe. Dieser Tag würde ein Kapitel wert sein.

Wie heraufbeschworen donnerte eine überrollende Mauer aus Wasser und Gischt gegen die Mittschiffsaufbauten, das stabile Backbordboot wurde aus den Klampen und Zurrings gerissen. Ein weiterer Prankenhieb schlug es mühelos zu Kleinholz und wusch die Trümmer außenbords. Wer nicht auf Wache war, hockte mittschiffs in der Messe und ernährte sich von Honigkuchen und Pfeffernüssen, denn der Koch lag seekrank in der Kombüse und wünschte, nie geboren worden zu sein, und dem jungen Kochsmaaten ging es noch schlechter. Mit glasigen Augen verfolgte der Steward die am Christbaum befestigten Kugeln. Es gab nur wenige auf der „Hundseck“, denen weihnachtlich zumute war.

Aber weil es die Tradition so wollte, erschien der Alte in der Messe und wünschte allen ein frohes Fest und stellte für das nächste Jahr eine Gratifikation der Reederei in Aussicht. Er erinnerte sich, vor einem Jahr Ähnliches versprochen zu haben, denn die Anwesenden lachten laut auf. Er kam zum Höhepunkt des Abends, dem Verlesen des Weihnachtsbriefes der Patin des Schiffes:

„Liebe blaue Jungs!

Als Patin des schönen Schiffes ‚Hundseck' fühle ich mich mit der Belegschaft aufs Innigste verbunden, mit dem Herrn Kapitän, seinen braven Offizieren, den tapferen Maaten, seefesten Stewards und den fleißigen Heizern tief unten im Bauch des Schiffes. In diesen weihnachtlichen Tagen wird der Koch köstliche Menüs zaubern und Sie verwöhnen.

In meiner Stube, vor deren Fenster tief die weiße Pracht des Schnees liegt und scheue Rehe bis nahe ans Haus zur Futterkrippe kommen, denke ich an Sie, wo Sie auch am Heiligabend sein mögen, in einem tropischen Hafen unter Palmen liegend oder das Schiff einsam unter dem Kreuz des Südens dahinziehend, beladen mit den Schätzen des Orients. Die Christnacht vereint uns zu einem gemeinsamen Gebet.

Gewiß wird Ihnen der gute Kapitän die Lukasgeschichte aus der Schiffsbibel vorlesen, und Sie werden aufmerksam seinen gütigen Worten lauschen, bevor er sich zurück auf die Ruderstube begibt, um mit Gottes Hilfe die ‚Hundseck' sicher heimwärts zu steuern ..."

Ob der Patenbrief an dieser Stelle endet, hat niemand erfahren, denn der Alte wurde auf die Brücke gerufen. Er wusste, warum er den Brief der See übergab. Heinrich Knüppelholz beschloss, irgendwann im kommenden Jahr die Patin sterben zu lassen, denn offenbar wussten seine Leute echte Seeliteratur nicht zu schätzen, aber das ist eine andere Geschichte ...

Der Weihnachtsmann als Klapperstorch

Seit Columbus zufällig Amerika entdeckte, gelten Bootsmänner als raue Gesellen. Nicht anders war es auf der „Axenfels" der Bremer „Hansa-Linie", und doch hatte sich der aus Oberhammelwarden stammende Karl Bisterfeld auf dieser nach Indien führenden Reise verändert. Der Mann mit einem hageren Gesicht wie ausgetrocknetes Teakholz und mittelgroßen Ruderblättern gleichenden Pranken brüllte nicht mehr wie eine Horde wild gebliebener Affen. Verdächtig auch seine demonstrativ zur Schau gestellte Kinderfreundlichkeit gegenüber dem englischen, in Rotterdam zugestiegenen Ehepaar, das mit einem Baby den gewöhnlichen Frachter jeder anderen Reisemöglichkeit vorgezogen hatte. Bei gutem Wetter lag das Kind in seinem Wagen auf dem Bootsdeck unter gespanntem Sonnensegel. Stets hielt sich der Bootsmann in dessen Nähe auf, und er sorgte dafür, dass im Umfeld jegliches Rostklopfen unterblieb.

Der auf der Brückennock tropengekleidete Wachhabende traute seinen Sinnen nicht, als er den Bootsmann über den Wagen gebeugt flüstern hörte: „Tucke mal da!" Statt sich vor den buschigen dunklen Augenbrauen und der pollendicken Nase zu erschrecken, war nichts als zufriedenes Glucksen des kleinen Briten zu vernehmen, der, so klein er war, Deutsch verstand.

Nun hatte der auf Indienfahrern grassierende Tropenkoller auch den Bootsmann erwischt. Eine andere Erklärung fiel dem jungen Offizier nicht ein, der auf der Navigationsschule dem Unterrichtsstoff „Gesundheitsdienst auf deutschen Handelsschiffen" weniger Beachtung geschenkt hatte als der Freundin regelmäßig wiederkehrender Migräne.

Vom Willen des Kapitäns getrieben marschierte die „Axenfels" mit voller Kraft auf Colombo zu, wollte doch der Alte zumindestens den Heiligen Abend im Hafen verbringen, um der Besatzung als Ersatz für nicht gezahltes

Weihnachtsgeld ein wenigstens wachfreies Fest zu bescheren.

Entsprechend umfangreich fielen die Vorbereitungen der Tagelöhner aus. Sie verteilten die im Kühlraum lagernden Tannenbäume auf die Messen und takelten sie nach eigenem Gusto auf. In der brutigen Kombüse schwitzte der Bäcker mit dem Koch und seinem Gehilfen um die Wette. Bald zog durch die Betriebsgänge ein betörender Duft von Gebratenem, Gebackenem und Gesottenem, dass auch dem Hartherzigsten warm unter der Staude wurde. Christliche Nächstenliebe tobte sich unter der Mannschaft aus. So begrüßte der ewig muffige Leichtmatrose, wenn auch mit wenigen belanglosen Worten, den sprachlosen Heizermoses, und die nautischen Offiziere wechselten nicht die Schiffsseite, wenn sie einem Maschinisten begegneten. Über allen das gütige Gesicht des Kapitäns, dem nur der Heiligenschein fehlte.

Unendlich einsam schien der Indische Ozean. Helle Aufregung auf der Brücke, als an der Kimm ein schmaler, grüner Streifen aus der See wuchs, die Küste Ceylons! Wenige Stunden später rauschte polternd der Anker aus der Klüse. Alles war in Bewegung, bis auf den Bootsmann, der nicht von seinem Posten am Kinderwagen wich.

Dem Alten war das seltsame Benehmen des Bootsmannes nicht verborgen geblieben, er übersah in weihnachtlicher Stimmung, dass der Mann oft nicht auf Fragen reagierte. So auffällig hatte sich der Tropenkoller im Anfangsstadium noch nie gezeigt, da half auch nicht das Medizinische Handbuch für Schiffsoffiziere weiter.

Weihnachten auf der Reede von Colombo!

Nach dem Essen traf sich die Besatzung zur gemeinsamen Feier im Kapitänssalon. Die englische Familie erlebte ein deutsches Weihnachten mit Offizieren in strahlend weißen Tropenanzügen und rasierten, gekämmten und gewaschenen Seeleuten, dass selbst Knecht Ruprecht seine Freude an ihnen gehabt hätte. Besonders wäre ihm der Bootsmann aufgefallen, dessen Augen heller als die brennenden Kerzen am Tannenbaum und das Kreuz des Südens leuchteten, saß doch auf seinen spitzen Knien das Kind des englischen Ehepaares und klatschte begeistert in die kleinen Hände.

Der Alte hielt seine vor dem Spiegel geübte Rede, übermittelte die Grüße der Reederei und verteilte kleine Präsente aus der Bordkantine. Die junge Frau schenkte dem besten Babysitter, den sie bislang gehabt hatte, einen Gutschein für einen Kasten Bier und zwei Flaschen Whisky. Karlchen Bisterfeld lief vor Freude rot an. Als es an der Tür klingelte, rief der Kapitän forsch: „Herein mit dir!"

Es war der als Weihnachtsmann verkleidete Funker. Statt des üblichen Sackes hatte er ein Telegramm mitgebracht, das der Kapitän an den Bootsmann weiterreichte. Als er es aufblätterte, begannen die Offiziere zu singen:

„Ihr Kinderlein, kommet …"

Der Tropenkoller, der Tropenkoller!

Als der Chor im Text stecken blieb und nicht weiterwusste, erkundigte sich der Alte scheinheilig beim Bootsmann, ob es schlechte Nachrichten aus der Heimat gebe.

Verlegen schüttelte Karlchen den Kopf:

„Kaptein, mien Froo, also wi hewt wat Lüttes bekommen, een Jungen!"

Während die Meute begeistert brüllte und wild durcheinander gratulierte, saß der abgebrühte Bootsmann still auf dem Stuhl und heulte, und weil er traurig war, leistete ihm der Kleine auf dem Schoß Gesellschaft.

Und dann sangen alle eine Spur zu laut, aber nicht weniger herzlich „Uns ist ein Kind geboren", und es war keiner dabei, der das unpassend empfunden hätte. Als die feine Lady mitbekam, dass dieses Spiel absolut nichts mit einem gemütlichen typischen deutschen Weihnachten zu tun hatte, sondern außer der Reihe stattfand, umarmte sie den verdutzten Bootsmann und küsste ihn wohl mehr aus Versehen mitten auf den Mund. Ein Ereignis, das für ausreichend Gesprächsstoff sorgte, nicht nur am Heiligabend.

Die „Axenfels" blieb über Neujahr in Colombo; aber das ist eine andere Geschichte …

Mit Mutters Rosinenstuten in die Koje

Am Heiligabend des Jahres 1911 nahm ein Hamburger Seeschlepper die mit rund 3000 Tonnen Stückgut tief abgeladene Viermastbark „Passat“ auf den Schlepphaken und zerrte den Windjammer aus dem Segelschiffshafen hinaus in den Strom. Von den Wünschen der Reederei Ferdinand Laeisz begleitet, machte sich der Neubau auf die Jungfernfahrt nach Chile. Infolge starken Treibeises auf der Elbe kam die „Passat“ nur langsam voran, als zögere sie den Abschied vom Heimathafen hinaus. Trotz der morgendlichen Stunde erhielten wir bei den St. Pauli-Landungsbrücken auf unsere „Three Cheers för de Hamborger Deerns“ eine entsprechende Entgegnung, die wir begeistert mit „Hummel-Hummel“ quittierten. Für mich, der seine erste Reise auf einem Segelschiff antrat, war die „Passat“ eine aus tausend Rätseln zusammengesetzte, unverständliche Welt. Blickte ich hoch in die Takelage, in das Gewirr von Drähten, Tauen, Segeln, Masten, schlug mein Herz deutlich schneller schon beim Gedanken, dort hinaufzumüssen, auslegen auf einer der Rahen.

Fegte ein Schneeschauer über das Schiff, verschwanden die Mastspitzen, und es sah aus, als reichten sie bis in den Himmel.

„Draußen pustet es kräftig aus Nordwest“, hörte ich im Vorbeigehen den Lotsen zum Herrn Kapitän sagen. Der nickte nur bedächtig, als hätte er nichts anderes erwartet. Warum sollte ich mich fürchten, denn auch den Matrosen Julius Wentzelmann schien das alles nicht zu beeindrucken. Er war zwar keine drei Jahre älter als ich, aber schon Vollmatrose und erhielt 60 Mark Heuer im Monat. Da kam auf einer Rundreise schön was zusammen. Als er meinen fragenden Blick sah, fügte er belehrend hinzu, dass wir bei einem Nordweststurm nicht aus der Elbe herauskämen und sicher bei Altenbruch ankern würden. Ich begriff auch das nicht, wusste nichts von Altenbruch, hatte keinen Nordweststurm in der Elbmündung erlebt, nickte aber zustimmend, dem Rat meiner geliebten Großmutter Hedwig folgend: „Frage nicht zu viel, schau und lerne!"

Die Nordsee ließ lange auf sich warten. Mittag war vorbei, es gab Plum und Klüten, und immer noch konnte ich Land sehen. Nach dem Essen sollte ich die in einer Ecke liegende, verkrüppelte Fichte auf Vordermann bringen, wie der Bootsmann anordnete. Wo aber bekam ich Kerzen her und bunte Glaskugeln, Lametta und Engelshaar? Der Smutje schickte mich feixend zum Kapitän auf dem Hochdeck.

„Was willst du? Kerzen? Kugeln?"

Seine Stirn oder was von ihr unter der blauen Schirmmütze noch sichtbar war, zog tiefe Falten. Ich ahnte Schreckliches, einen kräftigen Tritt in den Hintern, doch er lächelte gütig und forderte mich auf, ihm zu folgen.

Der gewaltige Kachelofen in der Kapitänskajüte strömte mollige Wärme ab. Kapitän Wendler reichte mir ein auf dem Ledersofa liegendes Päckchen und einen Karton mit Kerzen und drei bunten Glaskugeln. Das für mich bestimmte Weihnachtspäckchen meiner Mutter verstaute ich geschickt und unbemerkt in meiner Koje.

„Klarmachen zum Ankerfallen!", hörte ich den Großen brüllen, obwohl der Erste Steuermann eher breit als groß war, wie ich fand, und seine Bezeichnung zu Unrecht trug.

Bald darauf rauschte donnernd die Ankerkette über das Spill. Der gewaltige Stockanker fasste, und der Viermaster ruckte heftig in der Kette ein und blieb gefesselt am Grund liegen. Zusammen mit dem Matrosen Sommerfeld musste ich die erste Ankerwache übernehmen. Eingehüllt in meine dicke Joppe sollte ich auf der Back bei schlechter Sicht und drohender Gefahr die große Schiffsglocke schlagen. Ich nahm meine Aufgabe sehr ernst.

Wild belferte der Sturm, und sein Heulen in der Takelage vermischte sich mit dem klagenden Geschrei der uns umlagernden Möwen. Die Zwangspause auf der Elbe vor Anker verschaffte mir eine Atempause. Danach fand ich mich etwas besser auf der „Passat" zurecht, die für viele

Monate mein Zuhause sein würde. Langsam verschwand meine Furcht.

Drüben an Land läutete eine Kirchenglocke. Als wir nach der Wachablösung um 18 Uhr unsere dicke Bohnensuppe vertilgt hatten, erschien der Kapitän im Mannschaftslogis und wünschte uns frohe Weihnachten. Als er den von mir geschmückten Weihnachtsbaum in seiner Erbärmlichkeit betrachtete, grinste er breit und holte aus der Rocktasche eine Buddel Rum.

„Echt aus Jamaika, für alle“, sagte er und verschwand. Während der Bootsmann auf seinem Zerwanst die bekannten Weihnachtslieder herunterspielte, kreiste die Flasche aus Jamaika. Wir jungen Leute erhielten keinen Tropfen davon, durften kurz am Korken riechen, und das Ausspülen der leeren Flasche brachte auch nichts. Ich hätte gerne mitgesungen, aber traute mich nicht. Erst als Volkslieder erklangen, sangen die Matrosen, eher laut als tonhaltend, doch das störte keinen in der frohen Runde. Gesprochen wurde nur, was gesagt werden musste, und das war eben nicht der Rede wert.

Die nun vollen Vollmatrosen schliefen fest und träumten vielleicht von ihren Bräuten in Hamburg und Santiago, in Honolulu und Hawai, als ich noch in meiner engen Koje wach lag und dem Sturm nachhorchte.

Erst im Schutz der Dunkelheit wagte ich, unter der Decke mein dort deponiertes Päckchen auszuwickeln. Und während draußen auf See der Orkan seine Opfer forderte, lagen wir sicher in Abrahams Schoß vor Altenbruch auf Reede.

Der betörende Geruch des geöffneten Päckchens versetzte mich in meine heimatliche Küche während der langen Vorweihnachtszeit. Genussvoll und gierig zugleich verdrückte ich den ganzen von Muttern für mich gebackenen Rosinenstuten und vergaß für eine Nacht die Welt um mich herum.

Erst nach dem Weihnachtsfest flaute es ab, drehte der Wind, und wir verließen die Elbe unter Segeln in Richtung Kanal und weiter nach Chile, aber das ist eine andere, dies jedoch die letzte Geschichte …

Inhaltsverzeichnis